JN099213

パイナップルの彼方

山本文緒

角川文庫
23001

目次

1

花嫁は夜汽車に乗って嫁いでゆくの、という歌があった。

だが、きょう日の花嫁はロールスロイスで嫁いでいくらしい。ドライアイスの霧の中から現れたピンク色のオープンカーに、新郎新婦がニッコリ笑って乗っていた。

「すごい」

私は拍手をしながら言った。

「まさか、ゴンドラで登場するんじゃないだろうなって聞いたら、そんな恥ずかしいことしないって言ってたのに」

「ふうん」

隣の席の月子は、登場したふたりに顔を向けたまま、私の言葉を聞き流す。

「ゴンドラじゃなきゃいいと思ってんのか、なつ美は」

「やめなさいよ、深文《みふみ》。ご両親に聞こえるわよ」

やんわりいなされて、私は口をつぐんだ。内心溜《た》め息をつきながら、まだ鳴りやまない拍手にもう一度参加する。

手を叩《たた》きながら、私は花嫁の顔を見た。

ベールの下からのぞくなつ美の顔は、お世辞抜きで綺麗《きれい》だった。そんなに化粧映えする顔じゃないと思っていたのに、花嫁姿の彼女はびっくりするほど美しい。

輝いているのは、幸せだからだろう。そう思うと、やっと心から拍手をする気になった。

私は、掌が痛くなるぐらいパチパチと手を叩いた。

「ヤケクソで叩いてなかった？」

花嫁と花婿が席につくと月子が聞いてくる。

「ちがうよ。本気で祝福しようって気になったんだ」

「今までは本気で祝福してなかったの？」

「そうじゃないけどさ。なつ美があんまり綺麗だから」

「そうね。ちゃんと美人の順にお嫁にいくのかもしれない」

「じゃあ、次は私か」

「私よ」

月子は面白くも何ともないという顔でそう言った。

私、鈴木深文と隣の三浦月子、そして花嫁のなつ美は、短大の時からの友人だ。学校を出てそれぞれ就職をし、そして三年目の夏、突然なつ美が結婚することになった。そのニュースは、私をとても驚かせた。

だって、私達はまだ二十三なのだ。まだまだ人生の決断を下すには早過ぎる。けれど、なつ美は弾みで結婚を決意したわけではない。

狙《ねら》いをつけて対策を練り、周到に用意した罠《わな》に獲物を追い込むように結婚したのだ。彼女のウェディングドレスは、ウエストの部分がゆったりしたデザインだ。勘のいい人ならピンとくるだろう。

今日、彼女は花婿の妻になったが、来年早々には母親になるのだ。

なつ美から「獲物」のことを聞かされたのは、就職してすぐのことだった。

会社にすっごくかっこいい人がいるの、となつ美は嬉《うれ》しそうに言った。

すっごくかっこよくて、慶応出てて、世田谷《せたがや》に大っきい家があるんだって。でね、次男なの、次男。今どき、次男よ。あたし、決めた。ぜったい、ぜったい、あの人にする。

なつ美がはしゃいでそう言うのを、私と月子は「またか」と呟《つぶや》いて聞き流していた。惚《ほ》れっぽい彼女のことだから、どうせ来月にはもっとかっこいい人を見つけたとはしゃいでいるに違いないと思っていたのだ。

そしたら、これだ。

私がぼうっと毎日を過ごしている間に、彼女は狩りに出かけて、一生食べるに不自由しないぐらいの大きな獲物を捕ってきたのだ。

「深文。カメラ、カメラ」

月子に言われて、私ははっと顔を上げた。

主役のふたりが、ウェディングケーキにナイフを入れるところだった。

まわりを見回すと、カメラを持っている人は皆、ケーキのそばまで行ってレンズをふたりに向けている。私も立ち上がって、なつ美にカメラを向けた。

私に気が付くと、なつ美はにっこり笑った。その笑顔があんまり見事だったから、私は花婿を外して、彼女の顔だけアップで撮った。

「これじゃ、ポラロイド撮影会だよ」

席に戻ると、私はこっそり月子に言った。

「あんたねえ。さっき、本気で祝福してるって言ってなかった？」

「祝福してるよ。でも、披露宴《ひろうえん》ってここまでヤルもんだとは思わなかった」

「これをやりたいって人も、世の中にはいっぱいいるんだから」

「気が知れないよ」

唇《くちびる》をとがらす私の肩を、月子はポンポンと叩《たた》いただけで、もう何も言わなかった。

実際、私は落胆していた。

結婚披露宴の過剰な演出は、世間の悪評をかって久しい。だから、私だってある程度覚悟はして来た。感激にうち震えて涙しようなどとは思って来なかった。

だけど、ここは東京のド真ん中にある一泊ウン万円もする、そりゃあ立派なホテルなのだ。多少はわざとらしくても、それなりに品のある演出があるのかと思った。料理に関しては、かなり期待して来た。なにしろ、一流ホテルなんだから。

そしたら、ピンクのロールスロイスは出て来るわ、二つ目の落語家みたいな司会者は出て来るわ。会社役員のお定まりのスピーチは許そう。田舎《いなか》から出て来た親戚達が歌う民謡も、考えようによっては心がこもっている。

なによりもガッカリしたのは料理だった。ひとり暮らしの私は、久し振りに豪華な食事が食べられると期待して来たのに。

豪華なのは、メニュー表だけだ。フォアグラなんか粘土みたいだし、伊勢エビは冷凍食品みたいな味がする。決して私は、食べるものにうるさいわけじゃない。ただ、これが一流ホテルが出す、一流の披露宴の料理かと思うと悲しかった。

「ね、月子。月子が結婚する時はさ」

ロールパンをちぎって口に入れる。パンはおいしかった。

「私、結婚なんかしないわよ」

「さっきするって言ってたじゃない」

「ああ……そうだっけ」

「もしもの話だよ。月子が結婚する時は、中華料理にしてほしい」

「どうして？」

「中華って、特別おいしくなくても、まずいってことはないでしょ」

肩をすくめて、月子はうすく笑った。

「人に注文する前に、自分のこと考えたら？」

「私、結婚なんかしないもん」

今、月子が言った台詞《せりふ》を私は繰り返した。

私たち三人の中で、一番結婚に夢を持っていたのはなつ美だった。

なつ美の夢は、若いうちに結婚をして子供をたくさん作り、なんとかハウジングのコマーシャルみたいな家庭をつくることだった。

緑の芝生にスイートピー。明るい日曜日の朝、車を洗うパパを手伝う息子《むすこ》と娘。チェックのエプロンをして食事のしたくをするママの私。

そういう夢を、なつ美はよく私に語っていた。そして、それを実現するためには、並みのサラリーマンを捕まえたんじゃだめなのだということも言っていた。

なつ美の言うことは、よく分かった。彼女の夢は、とてもポピュラーで屈託がなくて、健全だった。

そのピカピカな流し台みたいな夢を、なつ美は実力で手に入れた。だから私は厭味《いやみ》ではなく、本当に心から拍手を送りたいと思っている。

友達の幸福そうな顔は、無条件に私も幸せにした。

だけど、共感はしなかった。

自由に使える時間とお金を放棄してまで、なつ美が獲得しようとしているものが、私にはまるで分からなかった。この歳になって、やっと親の監視下から抜け出すことができたのだ。結婚なんかする奴は馬鹿だとまでは言わないが、何故そこまで他人に従属したいのか私には理解することができなかった。

なつ美の隣に立っている白いタキシードを着た男は、まるで年をとったヤギのようだ。おとなしくて、もの分かりがよくて、庭先でパイプの煙をくゆらしている、童話に出てくるヤギのおじさんのようだ。ヤギおじさんと暮らすことは、きっととても楽なことだろう。

なにしろ、彼はわがままを言ったり、ちゃぶ台をひっくり返したりしないのだから。

いつか、私もヤギおじさんの優しさに包まれて暮らしたいと思う日が来るのかもしれない。けれど、今は御免だった。

「新婚旅行はハワイだって？」

私はあくび混じりに月子に尋ねた。

「そうらしいわね」

「新婚旅行にハワイじゃ、あんまり工夫がなさすぎない？　ウケ狙《ねら》ってるのかな」

「ウケなんか狙ってどうすんのよ」

月子はデザートのケーキを口に運びながら、ぼんやり答えた。

その横顔を見ながら、私は首を傾げる。

月子は元気がないようだ。いつもの月子なら、料理がまずいだのてんとう虫のサンバはよせだの、私以上に文句を言うはずなのに、心ここにあらずという顔で事の成り行きを見守っている。

「ハワイって、いい所らしいわよ」

急に月子は私の方を見て言った。

「え？」

いつもより濃い化粧をした月子の目が、私をじっと見る。そして、膝《ひざ》の上に置いてあったバッグを開けて、中から手帳のような物を取り出した。

それをテーブルの上にすっと置く。

「パスポート？」

「うん。私もハワイに行くの」

月子は大真面目な顔でそう言った。私は、突然そんなことを言われて、目をパチクリさせる。

「新婚旅行に付いて行くの？」

「あんたって、人の言うこと茶化さずに聞けないの？」

「だって……」

「留学するの。九月からだから、八月の頭には、私、日本を出る」

まるで亡命を決意したバレリーナのように、月子はキッパリそう言った。

私はただ口を開けて、月子のきりっと結ばれた唇を眺めた。


私も月子も、結婚式の二次会には行かなかった。月子は夜に人と会う約束があり、私はただ単に会費の一万円を払うのがもったいなかったのだ。

「深文ってそんなに貧乏なの？」

ホテルのティールームでお茶を飲みながら、月子が私に聞く。

「そんなでもないけどさ。やっぱりひとりで住んでると、いろいろケチになるんだよ」

「結婚式の二次会なんかには、一万円も出せないってわけね」

厭味《いやみ》っぽく笑って、月子はお茶をすすった。

元気がないと思っていたら、調子が出てきたようだ。留学のことを告白して、スッキリしたんだろう。

「そのワンピースいいじゃない」

月子に指さされて、私はブルーグレーのワンピースの胸を見下ろした。

「姉貴に借りたんだ」

「そうだと思った。深文のワードローブに、そんなお洋服、あるわけないもんね」

「そんなに似合わない？」

「似合わないなんて言ってないわよ。深文でも、ドレス着れば色気が出るんだって感心してんの」

褒めてんだかなんだか分からないが、私は肩をすくめて笑ってみせた。

私たち三人の中で、月子が一番辛辣《しんらつ》な口をきく。きっと、三人の中で一番ものごとを真剣に考えているからだろう。

私となつ美は、自分に直接触れてくる身近な現実のことしか考えないが、月子はいつもいろんなことを考えている。

職場の人間関係、理想の男性像、どうやって生きていくか、どうやって死んでいくか、新聞を飾るさまざまな事件、海の向こうの飢えた子供。

高校の時の愛読書が太宰《だざい》だっていうから、まあ悩むのも趣味のひとつなんだろうと解釈してはいるのだが、どうも月子の悩み方はピントが少しずれている気がするのだ。

「留学って、どのくらい行くの？」

私が聞くと、月子はちょっと考えた。

「一応、二年ぐらいって思ってるんだけど」

「ハワイ大学？」

「ううん。大学じゃなくて、英語学校なの」

私はコーヒーに付いていたスプーンで、カップをコツコツ叩いた。

「英語学校ねえ……」

「知ってる人が、去年まで行ってたの。まあまあいいみたいだから、そこに決めたんだ」

「どうしてハワイなんだ？」

私の質問に月子はキョトンとした。どういう意味か分からなかったらしい。

「どうしてハワイの、それも英語学校なの？」

「だから、知ってる人が行ったことある所の方が安全でしょ」

「本当にそういう理由で決めたのか」

意地悪だとは思ったけれど、私は言わずにいられなかった。

「あんまりお手軽じゃありませんか、月子さん」

「……どうして？」

「逃げるなら、もう少し思いきった所へ行ったら？　ハワイじゃバカンスに来た会社の女の子に、道でバッタリ会っちゃうかもよ」

月子の顔が耳まで真っ赤になった。唇をギュッと噛《か》み、視線をテーブルに落としている。

「逃げるんじゃないわ……」

言い過ぎたかなと思っていると、彼女は小さくそう言った。

「はいはい、ごめんよ」

「勉強しに行くのよ。会社入って、語学の大切さに気が付いて……勉強して帰って来たら、もっと条件のいい会社に」

「分かったよ、ごめん。言い過ぎた」

私は月子の言葉を途中で遮った。

これ以上聞いていると、本気で腹がたちそうだった。気に入らないことばかりだけど、どうするかは月子の自由なのだ。私が怒ったところでどうなるものでもないだろう。

留学と聞いた時に、ピンときてた。月子は逃げるのだ。

月子を逃避に駆り立てている原因は、ふたつある。会社と男だ。

月子はもう四度、会社をかわっている。どの会社へ入っても、人間関係がうまくいかない、会社の方針が気に入らないなどと理由を付けて辞《や》めてしまうのだ。会社をかわる度、辞めるまでの時間が短くなっていった。八月に日本を脱出するのなら、今度の会社は三ヵ月も続かなかったことになる。

男の方も、事情はそれに似ている。月子は短大を卒業する時に、高校時代から付き合っていた恋人と別れた。無邪気を絵に描いたようなその男に、私はわりと好感を持っていたのだが、月子は子供っぽい彼に愛想が尽きたとスッパリ切り捨てたのだ。

月子は、就職先で新しい彼を見つけた。色白ではっと目を引くほど美人の彼女に、きっと言い寄る男は何人もいただろう。実際その頃の月子は、楽しそうだった。今度の彼は大人で甘えられるのだと惚気《のろけ》たりもしていた。

ところが、一年もたたないうちに、月子はその彼にあっさり別れを言い渡されることになった。月子の愚痴を総合すると、どうやらベッドインしたとたんに結婚を仄《ほの》めかし、それで逃げられてしまったようだった。

それから月子は、驚くほど早いサイクルで恋人を作っては別れることを繰り返した。ちょうど転職と同じで、別れる度に交際期間がどんどん短くなっていった。

電話をする度に恋人の名前が変わっている彼女に、私はあまり同情する気にはなれなかった。

月子自身は口に出さなかったが、彼女は相手の男性が少しでも冷たいそぶりを見せると、自分の方から別れを言い出していたようだ。一方的にふられることだけは、プライドが許さなかったのかもしれない。

デートでの話題は、政治家への批判や環境問題で、どうにかベッドに入ったかと思うとすかさず結婚を口にする。これでは男の人も逃げ出したくなるだろう。

真面目さや一途《いちず》さ、そしてすぐ白黒付けたがる極端さが、月子の場合仇《あだ》になっている。

転職が悪いと言っているわけじゃない。留学が悪いと言ってるわけでもない。

腹がたつのは、月子の甘い幻想だ。

彼女は彼女なりに悩んで出した結論なのは分かるが、いつも月子の結論は現状から逃げることだった。

逃げ出したい気持ちは分かる。私が月子の立場だったら、やはり何もかも捨ててしまいたい気持ちになったかもしれない。

けれど、留学という隠《かく》れ蓑《みの》を着て平気な顔をしている月子が、私には気に入らないのだ。

「あの人はなんて言ってるの……えっと、大久保さんだっけ？」

「それは、前に付き合っていた人。今は徳田さん」

ムッとした顔で、月子が恋人の名前を訂正する。誰だって同じだろうと思ったが、口には出さないでおいた。

「それで、どうなんだよ。二年も別れて暮らすわけ？」

「……この前、別れてきたわ」

「……あ、そ」

月子は空になったコーヒーカップをいじりながら、口のはしっこでふっと笑った。

「何度も会社かえて、いろんな人と付き合ってみたけど、結局何にもならなかった。徳田さんだって、まるで引き止めてくれなかったし」

月子にしては珍しい弱気な顔を見て、私はモゾモゾとお尻《しり》を動かした。やはり言い過ぎたなと後悔がおそってくる。

「少しひとりになって、いろいろ考えてみた方がいいような気がしたの……」

「……そっか」

「親も勝手にしろって呆《あき》れてるわ。深文もそうでしょ。馬鹿だと思ってるでしょ」

「馬鹿だなんて思ってないよ。月子がちゃんと考えて決めたことなんだから」

うつむく月子が、小さな子供のように見えた。本人も歯痒《はがゆ》いのだろうが、見ているこちらも参ってしまう。ヤギといっしょにロールスロイスに乗っていてくれた方が、友達というものは安心なのかもしれない。

部屋の扉を開けると、そこは熱帯雨林だった。むわっと熱気がおそってくる。引出物の大きな袋を置いて、クーラーを全開にした。着慣れないワンピースを脱ぐと、どっと肩から力が抜けた。

とにかく化粧を落とそうと、私は洗面台に向かう。クレンジングクリームを顔にポツポツ付けて、鏡の中の自分を見た。

耳の上まで短く髪を刈った女が、鏡の中でぼんやりこっちを見ている。色の白いは七難隠すというが、私の場合はどうだろう。色は白いのだけれど、どこか元気というか張りがない気がする。美人と言われたことも、ブスと言われたこともない、好きでも嫌いでもない顔。私は自分の顔になんか、それほど興味はなかった。

ザブザブ顔を洗ってから下着を脱ぎ捨て、シャワーを浴びた。バスルームを出ると、狭いワンルームは涼しくなっていた。バスタオルを頭からかぶったまま、床にころんと転がる。一日ヒールを履いていたせいで、爪先《つまさき》がジンジンしていた。

ひさしぶりに華やかな場所へ出て行ったので、頭の中がチカチカする。目をつぶると、ホテルの名前が入った食器や金屏風《きんびょうぶ》がまぶたの裏に現れた。

床に転がったまま、私は白い天井やその辺に散らばっているスケッチブックを眺めていた。

　私の部屋は、都心から私鉄で三十分ほどの所にあるワンルームマンションだ。ワンルームマンションなんて、家賃は高いし、お風呂はユニットだし、床は板張りで冷たいし、全然よくない。ボロでもいいから、お風呂とトイレが別になっているアパートに住みたかったのに、父親が警備システムがちゃんとしているマンションでなければ許さないと言ったのだ。

　そういえば、ひとり暮らしを始めてまる一年になることに気が付いた。去年、父親が神奈川県のはしっこに家を建てた。それまでは育った板橋の団地から会社に通っていたのだが、新しい家は神奈川といってもほとんど箱根だ。会社まで二時間以上かかってしまう。

　私は独立のチャンスだと思った。もちろん両親は通えないことはないのだから通いなさいと言ったが、私はねばり強く彼らを説得した。

　お嫁に行ったら、もう二度とひとり暮らしなんかできないんだ。一生に一度ぐらい、ひとりで暮らしてみたい。結婚したら、必ずオトーサンとオカーサンのそばに住むからと、私は毎晩、両親に頭を下げた。涙さえ浮かべて訴える私を見て、両親は顔を見合わせた。一ヵ月かかって、やっと彼らはうんと言った。

　タイミングもよかった。新しい家に同居を始めた姉夫婦に子供が生まれて、家中の注意がそちらへ向いていたのだ。オネーサマのおかげだ。

結婚したらそばに住むなんていう嘘《うそ》八百を、彼らは信じただろうか。私の嘘の涙を、彼らは信じただろうか。父も母も、私が嘘泣きできるような人間に育ったことを、知っているのだろうか。

バスタオルにくるまって、私はぼんやり考えた。そのことを考えると、自然と顔がほころんでしまう。

私には、もう不満なんかない。

会社に行ってお給料をもらい、家賃を払って住んでいる。誰にも保護されていない。誰にも迷惑をかけていない。誰も私に、ああしろこうしろとは言わないのだ。

こんな幸せな現実から、どうして月子は逃げようとするのだろう。こんな自由な毎日を、どうしてなつ美は手放してしまうのだろう。

そこで、クシュンとくしゃみがでた。

私は起き上がって、椅子《いす》の背にかけてあったTシャツをかぶる。窓の外には、暮れていく夏の空があった。まだ夜は始まったばかりだ。これから何をしよう。何か食べて、絵でも描こうか。それとも本屋か映画館にでも行こうか。私は窓に映る自分の顔に、ニッコリ笑ってみせた。

二十四時間は、まるごと私のものだった。

私は銀行に勤めている。正確に言うと、信用金庫だ。都下のベッドタウンを拠点としたその信用金庫で、私は事務を執《と》っている。人事課なので、やっている仕事は普通の会社と同じようなことだと思う。

私の部屋から会社までは、駅ふたつしか離れていない。通勤時間二十分。二時間以上かけて通っている上司のことを考えると、申し訳ないような速さだ。だからというわけではないが、私は大抵一番のりで会社に着く。

その日もビルの管理人室で鍵《かぎ》をもらい、私は事務所の扉をあけた。誰もいないオフィスにひとりで入って行くのは好きだった。朝一番で事務所に入ると、不思議な優越感を感じることができる。他の社員に対する優越感というより、事務所そのものを征服したような馬鹿な優越感だった。

「おはよう」

ロッカーで制服に着替えていると、サユリさんが入って来た。これもいつも通り。

「おはようございます。きのう、忙しかったですか？」

「ううん、そんなことなかったわ。結婚式どうだった？」

「あ、面白かったです」

「そう。よかったわね」

私は昨日、有給休暇を取って結婚式に出た。不思議なことなのだけれど、うちの事務所の人達は、まず休暇を取らない。入社してすぐ、有給を取りたいと言ったら、理由を聞かれてしまって驚いた。

お正月と夏休みは堂々と休めるものの、その他の年次有給休暇を取れるのは、冠婚葬祭と病気の時だけだという慣例を聞かされた時は絶句した。

「披露宴、どこだったの？」

長い髪を後ろでまとめながら、サユリさんが聞いてくる。私がホテルの名前を言うと、彼女は笑ってこっちを見た。

「あそこ、オープンカーで登場するでしょ」

「そうっ。そうなんですよ。ピンクのロールスロイス」

「去年、友達の結婚式がそこであったのよ。あれには笑ったわね」

今日のサユリさんは機嫌がよかった。私はほっと胸を撫《な》で下ろす。前に仮病で一日サボった時、サユリさんはまる三日機嫌が悪かったのだ。

サユリさんは、私の直属の上司になる。本当は、役職が付いているわけではないから、ただの先輩なのだけれど。私はサユリさんに「女の先輩」としてでなく「上司」として接している。それをサユリさんが望んでいるからだ。私には人の気持ちが手に取るように分かる。サユリさんが私のことを後輩ではなく部下だと思っていることが、私には分かるのだ。

入社して人事課に配属が決まると、店頭の女の人がこっそり私に、可哀《かわい》そうと告げたことを覚えている。

サユリの下じゃ大変よ、気の毒だけど頑張ってねと、その人は同情の目で私を見た。それで私はかなりビビッていたのだが、いざいっしょに仕事をしてみると、サユリさんはとても扱いやすい人だった。

簡単なことだった。逆らわなければいいのだ。そりゃ彼女がわがままや無茶を言う人なら大変だったかもしれないが、サユリさんの言うことは大抵正しかった。

彼女は私に仕事を教え、雑用を半年たらずで全部私に任せた。一年目は覚えることばかりで本当に大変だったが、二年目からは、もう覚えることは何もなかった。サユリさんが、それ以上仕事を教えてくれなかったからだ。ちょっとでも私が、彼女のやっている仕事を覚えようとすると、きっぱり阻止された。それで私は理解した。私はサユリさんのアシスタントに徹しなければならないことを。決して、彼女が教える以外の仕事をしてはいけないことを。

「あれ？　日比野《ひびの》さんは休みですか？」

男性社員がポツポツ現れる頃になっても、下の女の子がやって来ない。私が聞くと、サユリさんはかすかに眉《まゆ》をひそめた。

「午前中は研修だそうよ」

「あ、そうなんですか」

「お茶出しましょう」

サユリさんは立ち上がって、給湯室へ歩いて行った。その背中を見ながら、私も仕方なく立ち上がる。

この事務所に配属になった時、私は部長にお茶くみなんかしないでいいと聞かされた。お茶なんか飲みたい奴が自分でいれて飲めばいいんだと言う部長に、私はへえ助かったと思った。

お茶なんかいれてくれと言われればいれるし、いらないと言われればやらない。私にはそんなことは本当にどうでもいいのだ。

けれど、サユリさんは違う。部長はああ言うけど、男の人って本当は女性にお茶ぐらい入れてほしいものなのよと私に諭《さと》した。

サユリさんは高卒だ。入社してもう十二年になるというから、今年で三十歳になる計算だ。高卒の女の子は、大抵店頭に配属になる。事務にいる女の子は、短大出がほとんどだ。

サユリさんも最初は店頭で窓口業務をしていたが、その仕事ぶりがかわれて人事に転属になったそうだ。こういうのも叩《たた》き上げっていうのだろうか。

事務の中でも人事課は、女子のエリートコースと言われていることを、私は入社してから知った。だが本当の理由は〝長く勤めそうな女〟が配属になるんじゃないかと私は思った。ちなみに私が最初から人事に配属になったのは、父のコネで入社したからだ。父は、この信用金庫の支店長をあちこちで務め、私が入社した年に退職した。

サユリさんはいつも、センスのいいスーツを着て会社に来ていた。制服に着替えても、足下はヒールの高いパンプスだし、指と腕には金のリングが光っている。美人というわけではなかったが、百七十近い身長とお見事なプロポーションは、充分彼女を魅力的な女性に見せていた。

その彼女が、ニッコリ笑って男性社員にお茶を配るのだ。私は給湯室の中から、サユリさんが男の人達に愛想を振りまくのを眺める。最初のうちはよくやるよと白けたものだが、最近ではもう感心するばかりだ。

サユリさんは完璧《かんぺき》を求めていた。自分で作った理想の女性像を、彼女はまったく妥協せず演じていた。サユリさんと並ぶと、私などまだ顔の産毛も剃《そ》ったことのない中学生のように見えるに違いない。

そんな私に、サユリさんは優しかった。優しいといっても、課長のしつこい説教から庇《かば》ってくれるわけでもないし、帰りに映画に誘ってくれるわけでもない。そんなことをされたら、親切どころか迷惑だ。サユリさんは、仕事以外の話をほとんどしなかった。好きな俳優は誰かとか、恋人はいるのかとか、そういうことは一切聞かなかった。聞かないということは、自分も聞かれたくないのだろう。だから私も、サユリさんがどこで生まれて今どこに住んでいるのかも知らなかった。

だから私達は、大抵黙々と仕事をする。さっきロッカーで交わしたような会話は、デスクでは決してしなかった。ほとんど口をきかない日もあるので、私とサユリさんの仲がうまくいってないいんじゃないかと男の人達は思っているらしい。ご親切に「サユリさんに苛《いじ》められてないかい？」と聞いてきた上司がいて、私は笑ってしまった。

私とサユリさんは、うまくいっていた。サユリさんの体調が悪そうな時は、私は積極的に彼女の仕事を手伝った。サユリさんに助けてもらいながら作った書類を、彼女は深文ちゃんが作ったのだと報告し、私はそれで部長に褒められたことがあった。サユリさんは、部下にご褒美を与えることを知っていた。

人事課は、私が入ってから男性社員の配属替えもなく、平和で静かな職場だった。お給料は悪くないし、詮索好きな同僚もいない。私は単調な仕事と、静かに過ぎていく毎日をとても気に入っていた。このままずっと、穏やかに日々を過ごしていけたらいいのにと思っていた。

思っていたのに。

凪《な》いでいた空気が、ひとりの女の子の配属で、ゆっくり波をたて始めていた。

「おはようございまあす」

昼休みが終わって、皆がデスクについた時、事務所の扉を開けて日比野弓子が入って来た。私と目があうと、日比野はニッコリ笑う。サユリさんは気が付かない振りをして、さっさとワープロの前に座っていた。

「遅くなってすみませんでした」

「研修だったんだって？」

「そうなんですよー。いつまでもつまらない研修して、どうするんですかねえ」

明るく日比野が言うと、男性達はクスクス笑った。彼女が着替えにロッカールームへ入って行くのを見送って、私は溜《た》め息をついた。

あれだけの会話で、もう疲れてしまった。

三ヵ月の長い研修期間を終え、日比野は先週人事課に配属になった。入社して三年め、とうとう私に後輩ができたのだ。

去年、試験を受けに来た彼女の履歴書を見た時、うわ、苦手なタイプと思った。イヤな予感というのは的中するもので、案の定、日比野は人事に配属になった。

彼女の配属が決まった時点で、こうなることは予想していた。静かで眠ったような職場が、彼女の出現で子供が昼寝から覚めたように落ち着きがなくなってきた。男性達は、皆日比野と話したがったし、それによって、サユリさんの機嫌が悪くなるのが手に取るように分かった。

男性達のことは、どうでもいい。元々私も彼らに興味がないし、彼らも私のことを事務ロボットのようにしか扱わない。困るのは、サユリさんの機嫌が悪くなることと、日比野が私を友達にしようとしていることだった。

職場の人と友達になんかなりたくない。だけど、日比野のような子を敵に回したらどうなるかは、火を見るよりも明らかだった。

「深文さん、今日残業ですか?」

終業時間まぎわ、向かいあった机の向こうから日比野が聞いてきた。

「ううん。別に……」

「お茶して帰りません? ね、いろいろ聞きたいことあるんですよ」

ああ、やっぱり来たか。私は内心頭を抱えた。日比野はニコニコ笑って、私の返事を待っている。予定があるからと断ることもできたが、そうしたら、彼女はまた明日誘ってくるだろう。一度はお茶ぐらい付き合わないといけないんだろうなあ、先輩としては。

五時きっかりに、日比野は席を立った。ロッカーへ歩いて行く彼女の背中を見送って、私はまだ書きものをしているサユリさんに声をかける。

「……サユリさん、あの」

縁なし眼鏡をかけた顔が、私を見上げた。そしてニッコリ笑う。

「聞いてたわ。あの子に誘われたんでしょ」

「……はい」

「あなたも大変ねえ。私はもうちょっとやっていくから」

「はい、すみません。お先に失礼します」

日比野に五時きっかりに席を立つのはどうかと注意した方がいいか私は悩んだ。帰る時は「お先に」ぐらい言いなさいとか、そんなことをいちいち教えてやらなきゃならないのだろうか。だから、私はああいうタイプが嫌いなのだ。

事務所を出た私と日比野は、駅の近くの喫茶店に入った。

日比野はおなかが空いちゃったと言って、ピザとビールを取った。西日の中を歩いて来たので、それを聞いたら私もビールが飲みたくなってしまった。

「店頭の人は、八時とか九時まで帰れないそうですね。私、事務でよかったあ」

グラスのビールを飲みながら、私は曖昧《あいまい》に頷《うなず》く。確か日比野は四年制の大学を出ていた。四大出の女の子も高卒の子と同じく、たいてい窓口業務に回される。事務に配属になったということは、コネでもあったか、上部の人間によっぽど気に入られたのだろう。

「深文さんは、短大出なんですか？」

私もサユリさんも姓が鈴木なので、会社の人は私達のことを名前で呼ぶ。

「うん、そう。日比野さんは、四年制出てるんでしょ」

「そう。だから、深文さんと同い歳なんですよね」

パチンと手を叩いて、日比野は大袈裟《おおげさ》に笑った。顎《あご》のところで切り揃《そろ》えられた髪は、ゆるくウエーブがかかっている。その下の日に焼けた顔は、くるくるとよく表情が変わった。きっと男の人から見れば、元気で可愛《かわい》い女の子という印象なのだろう。

「同じ歳の人が職場にいて、よかったあ。だってあと、ジジイばっかなんだもん」

人事課には、男性が五人いる。二十代から五十代までいるのだけれど、結婚して子供がいる人ばかりだ。彼女にとって、既婚男性は皆ジジイなのだろう。

「ねえねえ、サユリさんと帰りに飲んだりするんですか？」

「お酒？」

「お茶とか、お酒とか」

「しないよ」

それを聞いて、日比野はやっぱりという顔をした。

「サユリさんって、恐そうだもんね」

目を輝かせている日比野を見て、私はうんざりした。彼女は私とサユリさんの悪口を言うことで連帯感を持ちたいらしい。

「恐くないよ、サユリさんは」

「そうなんですか」

「うん。優しいよ」

私は、グラスを傾けてビールを飲み干した。

ちょうどそこを通りかかったウェイターに、日比野はビールのおかわりを頼む。こういうことは、気がきくらしい。

「サユリさんって恋人いるんですか？」

「さあ……いるんじゃないの」

あれだけの女性だ。恋人のひとりやふたりはいるだろう。

「金庫の人かな」

「さあね」

「深文さん、とぼけてるとか？」

ピザを食べながら、日比野はいたずらっぽく笑った。私も笑って肩をすくめる。

「本当に知らないよ」

「ふたりで、そういう話しないんですか？」

「うん。しない」

「へえ。実は仲が悪いんでしょ」

笑って言う日比野に、私はもう返事もする気になれなかった。その発想は、彼女の言うジジイ達と同じではないか。

「深文さんは？　付き合ってる人いるんでしょ？」

聞かれると思っていたから驚きはしなかったが、どう答えようかと私はしばし考えた。

「いるよ」

空きっ腹にビールを入れたせいか、何だかあれこれ策を練るのが面倒になってしまった。私は正直にそう答える。

「わあ、やっぱり」

「やっぱり？」

私は思わず聞き返した。私に恋人がいることを聞くと、大抵の人は驚くのに。

「だって、深文さんって不思議な色気があるもん。髪短いから中性的に見えるけど、首すじとか肩とか、よく見ると女っぽい」

私は、日比野の言葉に目を丸くした。それと同じようなことを、私は何人かの男の人に言われたことがあるからだ。

私が内心ドギマギしている間に、日比野は自分のボーイフレンドの話を始めた。

延々と続く彼女の話に、私は適当に相槌《あいづち》を打った。

これから先何年かは、この子と毎日顔をあわせなくてはならないのかと思うと、かなり憂鬱《ゆううつ》なものがあった。

2

木曜日、事務所に姉から電話がかかってきた。

姉が会社に電話をしてくるなんて何事かと思ったら、明日の金曜、新宿のデパートへ行く用事ができたから、夕飯でもいっしょに食べないかという誘いだった。

彼女は私の返事も聞かず、ついでに貸したワンピース持って帰るからね、あんたの部屋行ってるから郵便受けに鍵《かぎ》入れてってと言って電話を切ってしまった。

私は小さく舌打ちをした。あいかわらず勝手な人だ。自分が決めた予定に、誰もが都合をあわせてくれると思っているらしい。でもまあ、借りたワンピースをわざわざ実家まで返しに行くのは面倒だと思っていたからちょうどいいか。

私はデスクの上の電話を眺めて、ちょっと考えた。金曜の夜は、いつも天堂が泊まりに来ている。姉は彼と私が付き合っていることを知っているから、鉢あわせになっても別にかまわない。だけど、一応彼に知らせておいた方がいいだろうか。

天堂の仕事先に電話をしてみようかと思ったけれど、やはりやめておいた。彼は営業でほとんど一日中外まわりをしているのだ。

彼の名は、天堂義明という。大袈裟《おおげさ》な名前が付いているのに、本人は実に平凡で人畜無害な男だ。しかしその人あたりのよさは、営業マンをする上で大きくプラスになっているようだ。

天堂と姉は、高校時代の同級生だった。社交的な姉のところには、よく友達が遊びに来ていて、大勢いるボーイフレンドの中のひとりが天堂だった。中学生だった私には、ちょっと変わった名前の人だなという印象しか残っていない。

姉は大学生になると外で遊ぶことを覚え、友人を家に呼び集めることはほとんどなくなった。だから、彼がコピー機のセールスマンとして事務所にやって来た時、私は彼の顔を見ても、面識のある人だとは思わなかった。

「失礼ですが、鈴木深文《みふみ》さんではないですか？」

事務所の扉を開けて入って来たセールスマンは、私の顔を見たとたんそう言った。目を丸くしている私に、彼は高校の時お姉さんと同じクラブだった天堂ですと名刺を出した。名刺に印刷された名前を見て、改めて彼の顔を見ると、確かに見覚えがあった。

よく私の顔を覚えてましたね、と私は感心して言った。天堂と私は、たぶん三回ぐらいしか顔をあわせていないはずだ。それも、廊下かなんかですれちがって、会釈しただけだと思う。すると彼はにっこり笑って、あれだけの美人姉妹ですから忘れるわけありませんとお世辞を言った。

翌日、事務所に天堂から電話がかかってきて、私は食事に誘われた。たいして迷わず誘いに乗ったのは、断る理由が何もなかったのと、彼のお世辞の言い方がとても感じがよかったからだった。

それから私達は、成り行きのまま恋人同士になった。熱烈な恋愛とは言えなかったが、まあまあそれなりにデートをして、それなりにセックスをして、それなりに幸せだった。喧嘩《けんか》らしい喧嘩もしたことがなく、穏やかに二年がたとうとしていた。

天堂は会社の寮に入っているので、私がひとり暮らしを始めてからは、自然と彼が私の部屋へ泊まりに来るようになった。と言っても、天堂の仕事はかなり忙しく、週末以外に私達が会うことはまずなかった。

私はその夜、無駄だとは思いつつ寮の電話番号を押してみた。案の定、話し中の発信音がツーツー鳴っている。

独身男性が三十人も暮らしているその寮に、電話は一台しかない。もちろん、公衆電話は何台かあるらしいが、外からの電話が受けられるのは、管理人室にある電話だけなのだ。管理人さんの勤務時間というのが夜の九時までなので、その電話は九時までしかつながらない。管理人さんが電話のコードをひっこ抜いてしまうのだ。

その時間制限付の一台の電話は、夜になるとひっきりなしに鳴る。ほとんどが女の子からの電話で、だから大抵長くなる。九時近くなってくると、話し中の発信音どころか、この電話はかかりにくくなっております ので しばらくたってからおかけ直し下さいというアナウンスが流れることだってある。独身寮の一台の黒電話（管理人室の電話は、昔ながらの黒電話なのだそうだ）に向かって、いったい何人の女の子がラブコールを送っているのだろうか。

もう一度かけてつながらなかったら諦《あきら》めようと思って、私は番号を押した。すると、意外にも呼び出し音が聞こえてくる。二回鳴ったところで、管理人のおじさんが出た。天堂の名前を言うと、いつも不機嫌なおじさんは、今日もぶっきらぼうにお待ち下さいと言った。

サンマルサン号室の天堂さん、お電話です、とマイクを通した声が聞こえる。これで安心するのは早い。おじさんはサンマルサンの天堂さんがいるのかいないのか、確認しに行ったりはしないのだ。五分も待たされたあとで『いません』と電話を切られてしまうこともある。

二分ほど、受話器を耳につけてじっとしていると、パタパタとスリッパの音が聞こえて来た。

「はい、天堂です」

私はホッと胸を撫《な》で下ろした。

「私」

「おう、深文。よく電話つながったな」

彼の笑った声が、耳に届いた。

「愛の奇跡《きせき》だわ」

「最後に愛は勝つ？」

つまらない冗談に、私達はクスクス笑う。

「奇跡の電話がつながったってことは、よっぽどすごい用事か？」

「ううん。大したことじゃないの。明日、来るでしょ」

「うん。ちょっと遅くなりそうだけど」

「じゃあ、いいかな。明日、姉貴がうちに来るんだよ。私はかまわないんだけど、一応言っておこうと思って」

「そっか、涼子さんが来るのか」

「会いたい？」

「会いたいっつうか、会うのがこわいっつうか」

高校の時、姉は皆の女王様的存在で、天堂は姉に畏怖の念を抱《いだ》いていたそうだ。ほとんどの人がそうだったように、何故か姉の言葉にはノーと言えず、遊びにおいでよと言われると、見たいテレビがあっても行ってしまったのだと天堂は話した。

彼は当時のことを、とても素直に正直に私に教えてくれた。きっとそれは、懐かしい思い出に浄化されてしまった出来事だからなのだろう。

姉と天堂はもっと親しかったのだと思っていたから、それを聞いて正直ホッとした。姉のお古をもらうのは、洋服だけで沢山だ。

「じゃあ、十時過ぎにおいでよ。それまでには、帰しちゃうから」

「そうだな。別に会いたくないってわけじゃないんだけど」

「苦手なんでしょ」

「ごめん」

「謝ることないのに。変なの」

じゃあ明日と言って、私達は電話を切った。受話器を置いて、私はぼんやり壁を見ていた。そのうち、姉のワンピースをまだクリーニング屋に出してなかったことを思い出す。慌てて立ち上がってみたものの、今から出しても、明日の夕方までに出来るかどうか分からない。

私はあーあと呟《つぶや》いて、床に置いたマットレスに転がった。

姉が苦手なのは、私もいっしょだった。

翌日、私は定時で仕事を切り上げて、自分の部屋へまっすぐ戻った。

ドアを開けると、すでに姉は部屋に上がり込んで、テレビの前のマットに座っていた。

「あんたのうちには、ソファもないの？」

おかえりなさいもお邪魔してますも言わず、いきなり彼女はそう切り出す。

私もいきなり、ワンピースをクリーニングに出してなかったことを打ち明けた。すると姉はケタケタ笑い声をたてる。

「いいわよ、別に。あんたがそんなに気がきくなんて思ってないから」

「すみません」

「それより、おなか空いちゃった。あんたのとこはソファどころか、食料もないのね」

「冷蔵庫、覗《のぞ》いたな」

「牛乳腐ってたから、捨てといたわよ。なんか食べに行きましょう」

白のカットソー姿の彼女は、さっさと立ち上がって歩き出した。それは独身時代に、姉が気に入ってよく着ていた服だ。

「姉貴、子供生んでも太らないね」

後ろから声をかけると、彼女はからだにピタッと張りついた自分の服を見下ろした。

「まあね。大抵の人は太るみたいだけど、私みたいにゲッソリしちゃう人もいるんだって」

「ふうん」

「子供育てるのって、想像以上に大変なのよ。あーあ、久し振りに手ぶらで嬉《うれ》しいわ」

「子供、お母さんに預けてきたの？」

「お父さんよ。こーんなに目尻《めじり》たらしちゃってさ。可愛《かわい》がってくれて大助かり」

姉はククと口の中で笑う。奸計《かんけい》を含んだその笑い顔から、私はそっと目をそらす。人が建てた広い家に住み、無料のベビーシッターを手に入れた姉。いずれはスポンサーの面倒をみるというデメリットがあるとはいえ、姉はほとんど苦労らしい苦労もせずに、欲しいものを手に入れたのだ。大きな家に広い庭。息子《むすこ》を私立の学校に入れる経済力。それを責める気はないが、そういう彼女の計算高さが、私が姉に対して心を開き切れない一因でもあった。

　この辺で何かおいしいものはないのと姉が聞くので、私はいつも行くラーメン屋へ彼女を連れて行った。最初、もっと小綺麗《こぎれい》な店に入りたかったと文句を言ったが、その豪華五目冷やし中華を一口食べて、姉は文句を引っ込めた。食べ終わって値段を聞いて、そんなに安いのと姉はもう一度驚いていた。

　食事の後のお茶は、姉が好きそうな喫茶店へ入った。ケーキとお茶を頼んで、私達は向かいあった。

「あんたって、大人になった」

唐突に、姉がそう言った。私は口まで持っていった水のグラスを止めて、彼女の顔を見る。

「何言ってんの。もう私、二十三だよ」

「そういう意味じゃなくてさ……深文って、ちょっと前までロック少女みたいな汚い恰好《かっこう》してたじゃない。そうやってタイトスカート穿《は》いてお化粧したりするようになったのね」

「会社に行く時だけだよ」

「そういうのも着るんなら、私がもう着なくなった服、あげようか」

「……うん。くれるんならもらう。ありがとう」

そこでテーブルにケーキが届いた。姉は早速フォークを手にして、ショートケーキを崩しだす。

「会社はどう？　忙しい？」

「まあまあ」

「会社の人とは、うまくやってる？」

「まあね」

覗き込むように聞いてくる姉に、私は苦笑いを浮かべた。小さい頃から、彼女はこうやって心配そうに私の顔を見た。そうされる度に、私はとても居心地の悪い思いをしてきたのだ。

高校を出るまでの長い長い時間、私は無口で陰気な子供だった。今でも無口で陰気なのは変わらないのだけれど、当時はそれに臆病《おくびょう》がプラスされていた。無口で陰気で臆病じゃ、家族が心配するのも無理はない。

そんな性格だから、ろくに友達も出来なかった。たまに近づいてくる親切そうな女の子と話をすると、決まって「変わった人ね」という評価を下されることになった。

無口で存在感のない私に目を向ける人はほとんどいなかったが、私がたまにいい成績を取ったり、逆に平日の映画館で補導されたりすると、クラスメート達は冷たい目を私に向けた。目立ったことをすると虐《しいた》げられる。そのことを知った私は、ただただ教室の隅で、じっと身を縮めて過ごした。

十八だった私は、このままかたつむりの角みたいな一生を送っていくんだろうかと不安だった。そして母や姉も私の暗い顔を覗《のぞ》き込んでは、こっそり溜《た》め息をついていた。

けれど、それは私の思い過ごしだった。

高校三年の時、推薦《すいせん》をくれるというのでよく考えもせず決めた美術系の短大は〝当たり〟だった。

同じ嗜好《しこう》の人間が、こんなに世の中にはいたんだと私は改めて感心した。猿の惑星から同胞の住む星へ帰って来たような感じがした。

その大学は、何より人口密度の低さがよかった。中学・高校と、あんな狭い箱の中に四十人以上の猿が押し込まれていたことを考えると、大学はゴビ沙漠《さばく》のように広く、とても楽に呼吸をすることができた。

仲のいい友達も出来た。月子となつ美だ。今思えば、彼女達と過ごしたあの二年間は、私の二十三年間の中であまりにも特別な時間だった。取り繕《つくろ》ったり、平凡を装ったり、嫌いな人間に愛想笑いをしたりしなくても楽しくやっていけた、夢のような二年間だった。

月子の影響で私はお酒を飲んだり着飾ったりすることを覚え、なつ美が連れてくる男の子達と話しているうちに、男の人に対する構えがなくなった。

学校の課題は楽しかった。美大といっても程度のよくない短大だから、そう芸術的なことを要求されるわけじゃない。写真を撮ってコラージュを作ったり、飛び出す立体絵本を作ったり、粘土でいいかげんなオブジェを作ったりした。

学校が退《ひ》けると、無名の外タレバンドのライブへ行ったり、安いナイトクラブで飲んだりしていた。たまになつ美が男の子と消えてしまうこともあったが、私達三人はほとんど男っ気なしで夜を過ごした。男の人がいなくても、私達は三人だけで充分楽しかったのだ。

今の信用金庫から内定をもらった時は、正直言って不安だった。会社というところが、また猿の惑星だったら困る。ビクビクして過ごした長い年月は、まだそう遠い記憶ではなかった。

けれど、それも思い過ごしだった。

私は、私が思っていたより、うまく世間を渡ることができた。取り繕うことも、平凡を装うことも、やってみれば簡単なことだった。要するに心をこめなければいいのだ。言葉も態度も、そんなものは上っつらなのだから、いくらでも演技をすればいい。ストレスさえも溜まらない。

私は自分がちょっと変わった人間だということを自覚したし、そんな自分をうまくガードしていく術を覚えた。私は世の中をうまく渡っている。もう家族の鬱陶《うっとう》しい愛情に、虚ろな笑みを浮かべたりしないでいいのだ。

「天堂君は元気？」

ケーキを食べてしまうと、姉はテーブルに両肘《ひじ》をついて聞いてきた。

「元気だよ」

「金曜の夜なのに、デートしないの？」

「姉貴が来たからやめたんじゃないか」

「あ、そうなの。悪かったわ」

ころころと彼女は笑ってみせた。

「それにしても、あの天堂君と深文が付き合ってるなんて不思議よね」

その台詞《せりふ》はもう五百回ぐらい聞いた。いいかげんに不思議がるのはやめてほしい。

「結婚の話は出ないの？」

ほら、来た。言うと思っていた。

だから私は姉と天堂を会わせたくなかったのだ。姉のことだから、私がちょっとでも席を外せば、絶対彼に同じ質問をしただろう。

「私、テンちゃんとも誰とも、結婚なんかしないよ」

「まあた、そんな夢みたいなこと言って」

彼女は大袈裟《おおげさ》に、私の手の甲をピシャリと叩《たた》く。

「大人っぽくなったと思ったけど、やっぱりまだ甘いわよ」

「姉貴って、お母さんに似てきたね」

「話をそらさないの。天堂君だって二十七でしょ。そろそろちゃんと考えてるわよ。それに、くさいこと言うようだけど、一生ひとりで生きてくってどういうことだか考えたことあるの？　いつまでも若いと思ってちゃだめよ」

いくら姉妹といえども、この人はどうしてそんなに私の行く末を案じているのか分からなかった。人のことはほっとけという台詞が出かかったが、危ういところで呑《の》み込んだ。姉は悪気があって言ってるわけじゃない。彼女は心優しい人だ。ただ、自分の物差しでしか物事を計れないだけなのだ。姉は私を不幸だと思っている。優しい彼女は妹を不幸のままにしておけないと思っている。きっと父も母も、同じように私の幸福を望んでいるのだろう。

姉は現実を見て結婚し、子供を作って親と同居することを決めた。私は現実を見て姉と同じ道は行くまいと決めた。同じ世の中を見て育った姉妹が、何故こうも意見が食い違ってしまうのだろうか。

黙ってしまった私を見て、姉は小さく肩をすくめた。

「まあ、深文は深文なりにいろいろ考えてるんだと思うけど……天堂君はいい子よ。大事にしてあげなよ」

「うん……」

「お休みの日にでも、天堂君と遊びに来たら？　ね？　ドライブがてらに」

微笑《ほほえ》んだ姉は、本当に母に似ていた。そのせいか、私は素直に頷《うなず》くことができなかった。

姉が帰ったのは、九時近くだった。

そろそろ天堂がやってくる頃かと思って、床に落ちている髪を拾ったり、テレビに積もった埃《ほこり》を拭《ぬぐ》ったりして時間を潰《つぶ》したが、十時になってもチャイムは鳴らなかった。彼の仕事は十二時近くまでかかる時もある。無用に時間を潰すのにも飽きてしまって、私はテーブルの上にスケッチブックを広げ、仕事をしながら彼を待つことにした。

私は副業を持っている。短大の時に、人から頼まれて始めた雑誌の挿絵だ。副業と言っても月に三、四万ぐらいにしかならないから、単なるアルバイトと言った方があたっている。だがその三万は、ひとり暮らしを始めてからは貴重なお金になった。あるとないとでは、大違いだ。

その雑誌は小さな出版社が出している男性誌で、私の主な仕事は〝裸のねえちゃん〟を描くことだ。

最初、そのバイトの話を聞いた時、いかにも猥褻《わいせつ》って絵を描かないとならないのだろうなと尻込みしたが、会ってみた編集の人が、そんな露骨な絵でなくていいと言ってくれたので引き受けたのだ。ところが、いざやってみると、裸を描くことは意外に面白かった。自分ではそんなつもりはないのに、私が描く裸の女は〝いやらしくてよい〟と褒められてしまった。今は頼まれて、裸の他に小さな挿絵や四コマ漫画もやっている。

挿絵のバイトを始めた頃、こんなものでいいなら、イラストで食べていけるんじゃないかと私は思った。狂ったように何枚も何枚も作品を仕上げ、未だかつてないほどの熱心さで手当たり次第に出版社に持ち込んだ。

結果は、全滅だった。数を回れば、そのうち一社ぐらい採用してくれるだろうと高を括《くく》っていた私は、本気で落ち込んだ。中には、イメージにあう仕事があったら回してくれると言った編集者もいたが、それっきり何ヵ月待っても連絡はなかった。

でも、絵を描くことは楽しい。何事にも理屈をこねて斜《しゃ》に構えてしまう私だけれど、これだけは理屈抜きで楽しかった。お金になろうがなるまいが、紙に絵を描くことだけは一生やめないだろうという確信があった。

だからもちろん、信用金庫なんかではなく、デザイン関係の事務所に勤めながら、絵の勉強をしようと思った。ところがそういう会社の事情を聞けば聞くほど、私は気が重くなった。残業につぐ残業で、給料は地の底。それに私の能力で入れるような会社では、せいぜいスーパーのチラシを作るぐらいの仕事しかなさそうだ。

だったら、給料が悪くなくて、定時に終わり、ちゃんと休みがもらえる会社がいい。プライベートな時間を確保できれば、職種など何でもいいと思った。そこへ父親が信用金庫の話を持ってきた。試験と面接を形だけ受ければ入れてやると言われて、私は簡単に頷いた。ほとんど残業がなくて給料が悪くない会社を自分の足で捜しまわる面倒を考えると、父親の顔をたてていい子にしていることぐらい何でもないことに思えたのだ。

話題になった美人女優のヌード写真集を見ながら素描を描いていると、チャイムが鳴った。鉛筆を放ってドアを開けに行くと、ポロシャツ姿の天堂が立っていた。

「遅くなっちゃって」

「ううん。もう管理人さんいなかったでしょ？」

「それが、階段でバッタリ会っちゃってさあ。まだ式場は決まらないのかって聞くから、父親が肝硬変で入院しちゃって、また先に延びそうですって言っといた」

「この前はお母さんが、糖尿病だって言ってなかった？」

「そうだよ。親父は酒飲みだし、母親は甘いもんの食い過ぎなんだ」

彼は笑いながら、靴を脱いだ。

このマンションの管理人は、への字に口を結んだ気難しそうな初老の男性だ。若い女の子が多いこのマンションの治安維持に命を燃やしているらしく、見慣れない顔がエレベーターに乗ろうとすると、鬼のような顔で飛んで来るのだ。

天堂はほぼ毎週、私の部屋へやって来るので、管理人さんの寝ている深夜か早朝しか出入りできないのでは面倒過ぎる。そこで、最初から天堂のことを、私の婚約者だと紹介することにした。人当たりのいい天堂を、管理人さんはあっさり信用し、今では顔パスになっている。

「あー、またこんなエッチな絵を描いて」

床に腰を下ろした彼は、広げてあったスケッチブックを覗《のぞ》き込んで言った。

「なかなか、いいでしょ」

「おお、いいねえ。来月号に載るの？」

「たぶんね」

「まさか二十三の銀行員が、これを描いたとは誰も思わないだろうなあ」

ニコニコ笑っている彼の顔を見ていると、私も何だか顔がほころんでしまう。

「何か飲む？」

「これ、やっちゃわなくていいのか？」

「ん。月曜までにやればいいから」

「じゃあ、描いちゃえよ。俺はテレビでも見てっから」

天堂はそう言うと、リモコンを持ってテレビの前に座った。私は冷蔵庫から缶ビールを出して彼に渡し、裸の続きを描き始めた。

下絵はもう出来ていたので、あとは色を付けるだけだ。水彩絵具を水で溶かし、淡い色をつけていく。輪郭だけだった女が、肌色と薔薇《ばら》色をもらって生々しい色気を放ってきた。

一時間ほどで一段落すると、私は絵筆を置いて顔を上げた。大きなクッションに寄りかかり、テレビに顔を向けている天堂の横顔を私は眺めた。

彼は大抵金曜日の夜から日曜の昼頃まで私といっしょにいる。けれど、いっしょにいてもこうやってそれぞれ別なことをしていることが結構ある。イラストの締切が近いと、私はかまわず絵を描くし、天堂はプロ野球ニュースと大相撲ダイジェストの時間は、私よりもテレビの方が大事そうだった。

不思議な人だ。付き合い始めたばかりの頃は、平凡でどこにでもいるタイプの男の人だと思っていたけれど、何度も週末をいっしょに過ごしていくうちに、彼はとても不思議な人だということに気が付いた。

自慢するほど男性経験が多いわけではないが、それなりに私も何人かの男の人とデートをしたり寝てみたりしたこともある。優しい人もいたし、傲慢《ごうまん》な人もいた。気の弱い人もいたし、いつ会っても演技している人もいた。けれども、どんな男の人にでも共通していることがあった。寝てしまうと彼らは何かしら私に注文を付けた。

天堂だけは違った。彼は私に、何か注文を付けたことがない。変な色のマニキュアはやめろとか、少しは料理でもしてみたらとか、事が終わった後にすぐパンツを穿くのはよせとか。ムッとした表情や態度も見せたことがない。私も人にああしろこうしろと言う方ではないから、考えてみれば私達は一度も喧嘩《けんか》をしたことがなかった。

私はじっと、彼の横顔を見つめた。睨《にら》むように強い視線を送っても、彼はまったく気付かずテレビを眺め続ける。画面には車のコマーシャルが映っていた。流行《はや》りのポップスに乗って、黄色いオープンカーが夜の町を駆け抜けて行く。コマーシャルが終わって、映画情報の番組が始まっても、彼の表情は変わらない。

いったい、この人は今何を考えているのだろう。機嫌がいいんだか悪いんだか、疲れているのか、ビールで酔っぱらっているのか、それとも私が仕事を終えたらおそってやるぞと思っているのか。

私には大抵の人の気持ちを察することができるのに、こんな平凡な男の考えていることが何故分からないのか、自分でも不思議だった。

「テン」

そっと呼ぶと、彼はこっちに首を曲げた。小さく笑って、空になったビールの缶を振ってみせる。

「お絵描きは終わった?」

「終わった」

「ご苦労さん」

彼は右手を伸ばして、私の頭をよしよしと撫でる。顔の前に来た彼の懐に、私は鼻の頭をゴシゴシすりつけた。

「汗臭い」

をくすぐってくる。

「銭湯行って来たんだけどな」

「また汗かいたからでしょ」

「深文のやらしい絵見て興奮したんだ」

私はくすくす笑って、床に座った彼の膝《ひざ》に頭を乗せた。猫をあやすように、彼が耳をくすぐってくる。

「ねえ、テン」

「んん？」

「さっき、テレビ見ながら何考えてたの？」

「何って……別に何にも。どうして？」

「ううん。私が放っておいたから、暇で怒ってるのかと思って」

「ふうん。珍しく女の子らしいこと言ってるじゃない」

「そっかな」

天堂の顔が下りてきて、私の唇《くちびる》をふさいだ。さっきは汗臭いなんて言ったけれど、彼の汗の匂《にお》いは、林檎《りんご》みたいないい匂いだった。きっと私はこの人のことが好きなんだなと、今さらながら思ってしまった。

彼の懐に顔を埋めて、ポロシャツについた馬のマークを眺めているうちに、姉の言葉を思い出した。結婚の話は出ないのと聞いていた。そういえば、出ない。マンションの管理人に話した嘘《うそ》の婚約話以外、私達の間に結婚の話題が出たことはない。プロポーズされないことを不満に思っているわけではないが、ちょっと不思議だった。私はまだ二十三だけど、彼は二十七なのだ。姉の言うように少しぐらいは考えているはずだ。何も言わないのは、まだまだ独身でいたいのか、それとも下手に仄《ほの》めかして私に警戒されたら困るとでも思っているのだろうか。

「なあ、深文」

私があれこれ頭の中で考えていると、彼の声が降ってきた。見上げると、ほんの少し眉《まゆ》をひそめた顔があった。見慣れないその表情に、私はからだを起こす。

「俺、転勤になった」

「え？」

「来月の頭から。金沢だって」

「……テンキン？」

彼の口から零《こぼ》れた言葉が、私の口からも零れ落ちた。

テンキンって何のことだっけ。カナザワってどこにあるんだっけ。

「まあ、そのうち地方に回されるとは思ってたんだけどね」

肩をすくめる彼を見つめて、私は絶句した。そんなことを予告なしに言われても、どう返答したらいいか分からない。

「どのくらい行ってるの……？」

「お約束は二年。だけど、分かんないな。もっと短いかもしれないし、長いかもしれない」

「こっちには戻らないかもしれないってこと？」

「いや、戻って来るよ。金沢だっていい所なんだろうけど、やっぱり育った所にいたいからな」

「そう……」

こういう場合、このあと何を言ったらいいんだろう。私は考え込んだ。行かないでというのもただのわがままだし、元気でねっていうのもお別れの言葉みたいだ。そこまで考えて、私はハッと気が付いた。もしかしたら、これは暗に別れようと言われてるんじゃないのかな。

「二年なんてすぐだよ。毎週は来られないけど、二週に一回は会いに来るから。来ていいだろ？」

「え？　う、うん。もちろん」

あっけらかんと言われて、私もつられて笑顔で頷《うなず》く。

「深文も休暇取って遊びに来いよ。甘エビ、食わせてやるから」

「……ホタルイカもね」

「おう。白子《しらこ》もな」

その夜、私は眠れなかった。彼の寝息を聞きながら、天井の針金から吊《つ》るした裸の女の絵を眺める。

天堂は付いて来てほしいとも、別れようとも言わなかった。どちらを言われても困るのだが、何も言われなかったことに私は少し当惑していた。

けれど、これでいいのかもしれない。大したことではないのだ。週に一回が二週に一回になるだけのことだし、ふたりの距離が離れて、どちらかに新しい恋人ができたとしても、それはそれで仕方のないことなのだ。

そうやって気持ちを割り切ろうとしたら、ますます眠れなくなってしまった。天堂は浮気するなとも言わなかった。冗談でも言ってくれれば、私も寂しくなっちゃうぐらいの事は言えたかもしれない。

静かに起き上がり、私はぐっすりと眠り込んだ彼の顔を膝《ひざ》を抱えて見つめた。私にはこの人が考えていることがよく分からないのだが……ひょっとすると、この人は本当は何も考えてないのかもしれないと思った。

3

ひとりで過ごす週末は、悪くなかった。

街の色は少しずつグラデーションを描いて秋に変わってゆく。私はその様子を、ひとりきりで眺めた。事務所の大きな窓から、横断歩道を渡りながら、マンションのベランダから、私はただ黙って空や風の色を見ていた。

ひとりで過ごす週末は、寂しいどころか心地よい解放感に満ちていた。予定のない週末は、新品のスケッチブックのようだ。すぐにでも線を引いてみたい気もするし、このまままっさらにしておきたい気もする。どちらにせよ胸がワクワクした。なんの束縛もない何十時間かを、私は何色に塗ってもいいのだ。

二週に一度は来ると言っていた天堂は、結局ひと月に一度ぐらいしかやって来なかった。彼の言葉どおり、転勤先の事務所が忙しいのか、やはり気持ちが離れてしまったのか、それはどちらだか分からなかった。

けれど私達の仲は、もしかしたら前よりも親密になったかもしれない。時々やってくる恋人に、私は素直に甘えることができた。以前は私の部屋でうだうだ過ごすことが多かったのに、今は再会した恋人らしく、朝からどこかへ遊びに行き、夜は贅沢《ぜいたく》な食事をした。私は天堂のことが好きだった。一ヵ月に一度やってくる赤いリボンのプレゼントとしての天堂が、私はとても好きだった。

予定のない土曜日、好きなだけ布団《ふとん》の中で惰眠を貪《むさぼ》っていると、雨の音に気が付いた。雨が屋根を打つ音が心地よく耳に届く。のっそり起き上がって窓を開けると、アスファルトの濡《ぬ》れる匂《にお》いがツンとした。小雨に煙った街は、輪郭がぼやけたせいか、いつもより優しく見える。雨の中を歩きたくなって、私はパジャマを脱いでジーンズに穿き替えた。

ご機嫌でマンションのエレベーターを下り、手紙が来ていないかと、ポストを覗いて見た。

銀のポストの底に縁取りがストライプ模様の封筒が一通落ちていた。エアメイルだった。

月子からのエアメイルを、私は喫茶店のテーブルで読んだ。あんなにいい気分で家を出たのに、すっかり不愉快になった。

私はエアメイルの薄い便箋《びんせん》を畳んで封筒に入れ、ジーンズの尻《しり》ポケットに押し込んだ。ウェイトレスにコーヒーのお代わりを頼み、大きな一枚ガラスを流れる雨粒を眺めながら爪《つめ》でコツコツとテーブルを鳴らす。

月子の手紙に書いてあったことはこうだった。入学した英語学校にどうしてもなじめず、先月辞めてしまった。親しくなった男友達に紹介してもらって、今はパイナップルの加工工場でバイトをしたり、日本人相手のガイドをしたりして過ごしている。いざそうしてみると、学校へ行くより会話の勉強になるので結果としてはよかった、お金と時間の余裕があったら遊びに来てほしい。追伸には、別便でパイナップルを送ったと書いてあった。

英語学校なんて続きゃしないだろうと思っていたけれど、ここまで簡単に予感が的中してしまうと、呆《あき》れて言葉もなかった。それに、親しくなった男友達だと？　手紙を読んだ直後はいいかげんにしろとムカムカしたけれど、落ち着いて考えてみると彼女が少し心配になってきた。本当は今すぐにでも日本に帰って来たいのかもしれない。でも大見得を切って出発してしまった手前、戻るに戻れなくなっている可能性もある。

いや。もし月子に初志貫徹できなくて恥ずかしいという感情があるのなら、こんな手紙を書いてくるはずがない。きっと、その親しい男友達と楽しい盛りなのだろう。放っておこうと決め、私はコーヒーを飲み干して立ち上がった。画材屋と本屋とスーパーマーケットを回って部屋に帰って来ると、留守番電話のランプが点《つ》いていた。留守番電話の主はなつ美だった。こちらから電話をしてみると、なつ美は開口一番、月子からエアメイル来た？　と勢い込んで聞いてきた。

月子って信じられない、心配だ、どうしようと、なつ美はオロオロ言う。心配ないよと答えると、深文《みふみ》は冷たいと怒られた。私はだらだら電話で話すのは好きではないので、会って話そうよと提案した。

「じゃあ、明日家に来ない？　ちょうど旦那《だんな》がゴルフでいないから」

そういえば、まだ一度もなつ美の新居を訪れていないことに私は気が付いた。


なつ美の新居は、江戸川を渡る私鉄の沿線にあった。駅から彼女に教えられた道を歩いて行くと、日曜日のせいかうじゃうじゃ家族連れが歩いていた。若い母親の声と、キンキン響く子供の笑い声が、駅から続くモールに溢《あふ》れかえっている。

なつ美のマンションに辿《たど》り着くまで、いったい何組の家族とすれちがっただろう。私が住んでいる街には、東南アジアやイスラム系の外国人、学生から労務者までバラエティに富んだ人々が住んでいるのに、この街では同じようなファミリーしか見かけない。明るく清潔な雰囲気が悪いというわけではないが、それはそれで胡散臭《うさんくさ》いものがあった。

「いらっしゃい。久し振りね」

マンションの鉄のドアから顔を出したなつ美は、まあるい顔をにっこりとほころばせた。マタニティ用のジャンパースカートが、冗談で西瓜《すいか》を入れたようにぽっこり膨らんでいる。

「おなか、大きくなったねえ」

「そうなのよ。お相撲さんみたいでしょ」

出してもらったスリッパをひっかけて、私はのしのし歩く彼女の後に続いた。

「そこ座って。紅茶でいい？」

通されたリビングは、新婚らしく明るい色の絨毯《じゅうたん》と籐《とう》の家具で飾られていた。ベランダに向けた大きな窓からは、ディズニーランドのお城が小さく見えている。私は勧められたソファには座らず、キッチンのダイニングテーブルの前に腰を下ろした。紅茶をいれるなつ美の背中を頬杖《ほおづえ》をついて眺める。

「その中に赤ん坊が入ってるなんて不思議」

私の台詞《せりふ》に、なつ美が振り返る。

「そうよね。不思議よね」

「動いたりする？」

「うん。お風呂なんか入るとね、気持ちがいいらしくてもぞもぞ動くわよ」

冗談めかして言うと、なつ美は楽しそうに声をたてて笑った。私の前に紅茶茶碗《ぢゃわん》を置くと、彼女もキッチンのテーブルに腰を下ろす。

「あのね、私妊娠して自分が人間だって気が付いたの」

「じゃあ、今までは何だったんだよ」

私が吹き出すと、なつ美もいっしょに笑い出す。

「違うのよ。ニンゲンっていう名前の動物だってことに初めて気が付いたの。今までは、そんなこと意識したことなかったけど、私だって動物で、犬とか猫と同じように交尾して生命を生むの。種の保存よ。すごいでしょ」

「それはすごい」

「でしょう」

私はなつ美の言った内容よりも、彼女が生命とか種の保存とか、そういう事を真顔で言ってしまうことの方が驚きだった。私の知っているなつ美は、新聞と本と堅い話が大嫌いで、遊ぶことと食べることと恋愛をすることにエネルギーの全てを向けていたはずだった。おなかに子供ができるということは、どんな人間にも深く物事を考えさせてしまう出来事なのだろうか。

「ね、おなか空いちゃった。お昼にしない？」

大きなおなかをさすって、なつ美が笑う。

「そうだね。ピザかなんか取ろうか」

「あら、作るわよ。そのかわり簡単なものでいいでしょ」

「うん。じゃあ手伝う」

「深文って料理できるの？」

「できないよ」

ほとんど料理らしい料理をしたことがない私に、なつ美はスパゲティーにかける刻《きざ》み海苔《のり》を作る作業を割り振った。渡されたキッチン鋏《ばさみ》で焼き海苔をシャキシャキ切っていく。小学生が遊び半分、母親を手伝っているようだった。

「ねえ。月子のこと、どうしようか」

まな板の上でタラコをほぐしながら、なつ美が聞く。

「どうしようかって？」

海苔を切る手を止めて、私は顔を上げた。

「あんな手紙もらったんじゃ、放っておけないでしょう。きっと、帰るに帰れなくなってるのよ。電話してみた方がいいかな。それとも、ご両親に話して迎えに行ってもらった方が」

「おいおい。待て」

私はなつ美の言葉を遮った。

「十七の高校生がホームステイに行ったんじゃないんだぞ。月子は自分で行くって決めて行ったんだ。帰って来たけりゃ、自主的に帰って来るよ」

「それはそうだけど、ハワイって言っても一応外国よ。ワイキキのホテルに観光客で泊まってるって言うならいいけど、工場でバイトしてるなんて心配だわ。それにまたボーイフレンドができたみたいじゃない。いい人ならいいけど、また騙《だま》されてたら月子が可哀そう」

決めつけるようになつ美はそう言った。月子が次々と恋人を取り替えていたことに、なつ美はわりと同情的だった。世の中の男は、どうして月子のよさを分からないのかしらと憤慨していた。

「でもさあ。そこまで口出しするのは、お節介じゃない」

「あいかわらずクールね、深文は」

なつ美は肩をすくめると、鍋《なべ》の中のスパゲティーを箸《はし》でゆっくりかき混ぜた。

「でも、電話ぐらいしてみようよ。あとでしてみる？」

「いいけどさ。ハワイは今何時だよ」

「そっか。時差どのくらいあるんだっけ」

「電話するんなら、私が会社からしてみるよ。なつ美が長々しゃべってたら、電話代いくらかかるか分かんないからさ」

口ではそう言ったが、なつ美に任せておいたら、本当に月子の両親に迎えに行ってあげてほしいなんて頼んでしまいそうだった。月子にだってプライドがあるだろう。迷子になった幼児じゃあるまいし、親になんか迎えに来られたら、それこそ意地でも帰るまいと思うに違いない。

それから私達は出来上がったスパゲティーを食べて、気楽に世間話をした。なつ美は旦那《だんな》の帰りが遅いことをグチッたが、文句を言いながらも幸せそうに見えるのは、それも惚気《のろけ》のひとつだからなのだろう。

「深文はどうなの？ 天堂さんと結婚する気あるの？」

三つ編みにした髪の先をいじりながら、なつ美が聞く。私は出してもらったクッキーを口に入れて両腕を組んだ。

「うーん」

「なあに、唸《うな》って」

「そう聞かれると、答えに困る」

「まだ早い？ もう少し遊んでたい？」

笑顔のなつ美に、私は首をこきりと曲げた。返事をしない私に彼女は探るような視線を向ける。

「あれ？　なんか意味深《いみしん》な沈黙じゃない。もうプロポーズされたの？」

「まさか」

私はもうひとつクッキーをつまんで、ポイと口に入れた。

「テンもそんな気ないみたいだよ。金沢に転勤しちゃったし」

それを聞いて、なつ美の大きな目がさらにまん丸に見開かれた。両手でパンとテーブルを叩《たた》くと、私の方へ身を乗り出す。

「転勤っ？」

「うん。八月からね」

「ちょっとお。どうして黙ってたのよっ。じゃあ、別れちゃったの？」

興奮気味のなつ美を、私はまあまあと手で制した。

「別れた覚えはないよ」

「でも、天堂さんは金沢にいるんでしょ」

「一ヵ月に一回ぐらい会ってるよ。毎週電話もするし」

「そういうの、付き合ってるって言うの？」

半ば呆《あき》れたようになつ美は笑う。

「さあね」

「寂しくないの？」

「うーん」

私はまた腕を組んで唸った。

「テンが転勤だって聞いた時は、正直言ってちょっと寂しかったよ。でもさ、いざ離れてみると、別にこれでいいじゃんって感じでさ。今までは毎週土日はテンといっしょだったから、なんか土日にひとりでぼうっとしてると解放感があったりするんだ。だから、こうやって月に一回会うぐらいがちょうどいい気がしてんの」

私の話を、なつ美はじっと聞いていた。家族には素直になれなくても、なつ美と月子には、わりと素直にものが言える。肉親は容赦なく私を否定してくるけれど、友人はちゃんと礼儀を守って私の話を聞いてくれるからだろう。

「月に一度の逢瀬《おうせ》ねえ」

「二十八日周期」

私のつまらない冗談に、彼女はチロリとこちらを見た。

「まあ、深文が本当にそう思ってるならいいけどね」

「本当に思ってるよ」

「月子と違って深文は現実的だから、私はちょっと心配」

「どうしてさあ」

現実的で心配と言われて、私は思わず大きな声を出してしまった。

「そうやって何でも他人事《ひとごと》みたいに割り切ってると、冷たい女だと思われるよ」

何か言い返そうと言葉を捜したが、上手《うま》い台詞《せりふ》が出て来なかった。別に人から優しい人間だと評価されたいなんて思ってない。けれど、なつ美の言葉は、気持ちの乾いた人間になってほしくないという意味にも取れる。私は黙って、テーブルの上のティーカップを見つめた。

「余計なお世話かもしれないけど」

しばらく黙っていたなつ美が、ふと小さく言った。

「男の人と暮らすのって、そんなに悪くないよ。深文だって天堂さんが来てた頃はそう思ったでしょ」

「……うん」

「寂しいとか、会いたいとか、深文ってきっと言えないんだと思うけど、言ってあげるのも愛情表現のひとつだと思う」

なつ美の言葉に、私は小さく頷《うなず》いた。同じことを姉に言われたらカチンと来ていたかもしれない。けれど、おなかの大きな女友達に言われると、胸に響くものがあった。

夕方に旦那が帰って来ると言うので、私は三時頃なつ美の家を出た。いっしょに夕飯を食べていけと誘われたが、それは辞退しておいた。

駅に続く商店街は、来た時と同じように親子連れで溢《あふ》れている。ただ夕方になってパワーが落ちたせいか、朝ほど喧《やかま》しくはなかった。

ゆっくりモールを歩きながら、私は若い夫婦と彼らの小さい子供を眺めた。おなかの大きな若い母親とジーンズの似合わない若い父親、そしてアンパンマンのシャツを着た三歳ぐらいの男の子。私はそこに立ち止まり、彼らが通り過ぎて行くのを見送った。

あれは、未来の私の姿。あれが、私に分相応の幸福。私は口癖のように結婚なんかしないと言葉にして来たけれど、それがただのうさばらしであることを知っている。結婚なんかしないと口に出す時、その一瞬だけ私は解放される。分相応の未来から、どこかへ逃げ出す夢を垣間《かいま》見ることができるのだ。

けれど、私は逃げないし、逃げられもしないだろう。いずれは誰かと結婚し（それは天堂かもしれないし、違う人かもしれない。けれど、誰とだってそう変わらないだろう）交尾して生命を生み出すのだ。決して望んでいるわけではないが、積極的に逃げ出そうともしていない。悲しいでも悔しいでもなく、私は逃げられないんだろうなとぼんやり思った。

商店街の人混みにまぎれていく親子を見送ると、私は気を取り直して歩き出した。ぼうっとした視界に、次々と小さな店が映っては消えていく。蕎麦《そば》屋、手芸屋、コンビニに時計屋。そして私は果物屋の前でもう一度立ち止まった。店先に積まれたパイナップルを、私はじっと見下ろした。

甘い匂《にお》い。そう言えば月子の手紙に、パイナップルを送ったって書いてあったっけ。

「どう、おねえちゃん。買うなら芯《しん》抜いてあげるよ」

店のおじさんにそう言われたら、急に食べたくなった。でも、もう少ししたら月子からのが着くだろうし……。

「一個じゃ多すぎるんなら、切ったのもあるからさ」

おじさんは店先に置いてある冷蔵ケースを指さした。切ったパイナップルに割《わ》り箸《ばし》をさしてアイスキャンデー風にしたものが銀のトレイの上に並べてあった。一本百五十円と札が付いている。

私は割り箸つきのパイナップルを一本買って、それを齧《かじ》りながら駅への道を歩いた。すれちがった小学生があれ買ってえと母親にねだるのが聞こえる。

久し振りに食べたパイナップルは、びっくりするぐらい瑞々《みずみず》しくておいしかった。その懐かしい甘い味に、私は遠い南の島に暮らす月子のことを思った。

つらい現状から次々と逃げ出していく彼女を、私は少し羨《うらや》ましく感じた。尊敬はできないまでも、それもひとつの積極的な方法かもしれない。私はつらいことがあっても今の会社を辞めたりしないだろうし、誰か男の人に求婚されたらノーと言えないに違いない。

月子は甘い夢を見過ぎているから、現実がつらくなるのだと思っていたけれど、そうやって逃げて逃げて逃げまくれば、夢のような素晴らしい現実に巡り合えるのかもしれない。月子が帰りたがっているに違いないなんて、私の推測でしかないのだ。もしかしたら月子は、新しい恋人と南国の果実のような瑞々しい毎日を送っているのかもしれないのだ。

けれど、私にはできそうもなかった。あるかないか分からない夢の国を捜すより、現実に留まっている方がまだ少しは楽な気がした。過度な夢を見たり大袈裟《おおげさ》に落胆したりするのは疲れる。私はそんなジタバタする自分を見るのはいやだった。私は淡々としている自分を見ている方が幸福だった。

誰もいない事務所で、私はせっせと書類の製本をしていた。一段落ついて、壁の時計を見上げると、ちょうど夜の七時になるところだった。

私は大きな溜《た》め息をついて、椅子《いす》の背を鳴らした。上司の男性達とサユリさんは、四時頃からずっと会議に入っている。来年度から始める新しい研修マニュアルの作成で、上の人達はここのところずっと会議と残業を繰り返していた。

私はその仕事にはまったくタッチしていなかったが、定時を過ぎたからといって、日比野のようにお先に失礼しますというわけにはいかなかった。あまり長引くようならお茶やら夕飯の弁当やらを手配しなければならない。

ドアがきっちり閉まった会議室からは、物音ひとつ漏《も》れてこなかった。仕切りの向こうの総務課も、もう皆帰ってしまったらしく、しんと静まっている。

製本の続きにとりかかろうとして、私はふと机の上の電話機に目を止めた。そうだ、誰もいないこの隙に、月子に電話をしてみよう。本当は昼休みにかけてみるつもりだったのだが、部長はどっかり自分の席でお弁当を食べてるし、隣の席でサユリさんが文庫本を読んでいるしで、何となくかけづらかったのだ。私はエアメイルから写した番号のメモを取り出した。

国際電話なんて、今まで一度もかけたことがない。最近よくコマーシャルで、ダイレクトでお得などと言っているが、気をつけて見ているわけではないから、実際かけようとすると何番だったか思い出せなかった。

電話帳でも見るかと立ち上がった時、通路の境に置いてある観葉植物の向こうから、誰かがひょこっと顔を出した。

「よお、深文ちゃん。残業?」

「なんだ……岡崎さんか。びっくりした」

「なんだはないだろ」

「もう誰もいないのかと思ってたから」

岡崎はにこにこ笑いながら、こちらへやって来る。私が椅子に腰を下ろすと、彼は隣の机に寄りかかって、私の顔を覗《のぞ》き込むように見た。

「人事のお偉いさん達は、まだ会議してるの？」

「ええ、まあ」

「終わるの待ってんのか？」

私は目だけで笑って、返事の代わりにする。

「待ってたって、サユリちゃんが夕飯ご馳走《ちそう》してくれるわけでもないんだろ。いっしょにメシでも食いに行こうよ」

岡崎の軽い言い方に、私は肩をすくめた。夕飯の誘いを聞いたとたん、ぐっと空腹感が強くなる。

「そうしようかな」

「そうしろ、そうしろ」

楽しそうな彼の顔を見上げて、私は苦笑いを浮かべた。岡崎達郎《たつろう》は総務課の係長で、今年三十六になる。私から見ればいい歳のおじさんだが、人事にいる二十六歳の男の人よりずっと若く見える。他の男性達とは一目で値段の差が分かるスーツを着ているのと、それをちゃんと着こなせる肩幅と締まった体を持っているせいかもしれない。

岡崎は私が入社した年に、どこかの支店から転属になって来た。新入社員の私が聞いた最初のゴシップが彼の話題だった。彼は相当女性にだらしなく、元いた支店のほとんどの女の子に手を出したらしい。見るに見兼ねた上司が、女性の多い店頭よりお偉いさんが見張っている本店事務に回した方がいいのではと提案したそうだ。

噂《うわさ》にたがわず岡崎という人はいかにも遊んでいそうなおじさんに見えた。だが、不思議と彼は誰の反感もかわなかった。そんな噂と共にやって来た派手な男を、皆最初は警戒したが、いざいっしょに仕事をしてみると、彼のからっと明るい笑い声と意外に真面目な勤務態度に好感を持たざるを得なかった。奥さんと子供がいるのにと大袈裟に眉をひそめていたサユリさんでさえ、二ヵ月もたたないうちに岡崎への態度を軟化させた。

三年たった今では、岡崎が女性問題で飛ばされてきたという話も、彼の少々派手な外見と、女性からの人気がありすぎる故起こった噂だろうと皆思っているようだ。

「なんだ、それ」

岡崎は私が指先でいじっていたメモを、ひょいとつまみあげた。書かれた数字を見ると、彼はいたずらっぽい笑顔を作る。

「ふうん。海外出張の彼にでも電話するのか？」

「えっ？　どうして？」

「こんな局番は日本にはないだろ」

「そっか」

「かけるならかけちゃえよ」

「岡崎さん。国際電話ってどうやってかけるの？」

私の質問に、彼はおやおやという顔をした。

「かけたことないの？」

「ない。それにこれ、彼氏じゃないよ。女の子の友達」

「へえ。じゃあ、俺がかけてやるよ」

女の子と聞いて、岡崎はいそいそとプッシュホンを押した。受話器を耳に当てたまま、こっちに顔を向ける。

「ところで、これはどこだ？　アメリカ？」

「ハワイ」

「ハワイ？　旅行に行ってんのか？」

「ううん、留学」

「名前は？」

「三浦月子。ね、出たら代わってよね」

鼻歌を歌いながら、彼は呼び出し音を聞いている。月子が出たらすぐ受話器を取り上げようと私はジリジリしていた。彼は時々とんでもないことを言うので、あまり信用できないのだ。

「ハロー、ツキコ？　月子ちゃん？　僕だよ、分かんない？　もう忘れちゃったのかい。君が出発する前の晩、あんなに激しく燃えたじゃないか……」

私は慌てて彼から受話器を取り上げた。

「……もしもし？　あなた誰？」

「私、私。深文」

「深文っ？　本当に？」

「今のごめん。ちょっと人に頼んだら、その人がふざけて」

「なあんだ。びっくりした」

私は話しながら、横目で岡崎を睨《にら》んだ。彼はニヤケ笑いで両手を上げ、降参のポーズを取っている。

「深文が電話くれるなんて嬉《うれ》しい」

弾んだ声が受話器から聞こえてくる。声の主が外国にいるなんて信じられないぐらい鮮明に声が響いた。

「元気？」

「元気よ。日本は今何時頃？」

「あ、いけない。時間考えずにかけちゃった」

「平気よ。こっちは夜の十二時過ぎだけど、まだベッドに入ったばっかりだったから」

「もう寝てたの?」

「うん。工場の仕事が朝早いのよ」

仕事と聞いて、私は一瞬黙った。勘のいい月子は、溜《た》め息まじりに小さく笑う。

「手紙読んだでしょ。いいかげんにしろって思ったんじゃない?」

「……別に。月子の決めることだから」

「いいって。深文もなつ美も呆《あき》れてるだろうなって思ってたのよ」

月子の明るい言い方に、私は軽く唇を噛《か》んだ。厭味《いやみ》な口調にならないように気を付けて、私は男友達のことを聞いてみた。

「彼氏ができたんだって?」

「ん。まあね」

「外人?」

「こっちじゃ、私が外人なのよ」

はぐらかすように、月子は笑う。それが気に障《さわ》って、私はつい強く問い質《ただ》してしまった。

「地元の人なの? バイト紹介してもらったなんて書いてあったけど、その人、信用できる人なの?」

私が勢い込んで聞いたせいか、月子は一瞬絶句した。

「よっぽど信用がないのよね、私」

「そういうわけじゃないけど……」

「白状するわよ。付き合ってるのは日本人なの。プロのサーファーでね、三年ぐらい前からハワイに住んでるんだって」

日本人のサーファーだと？　私は受話器を持ったまま眉間《みけん》に皺《しわ》を寄せた。

「英語学校を辞めようかって迷ってる時に知り合ってね」

「ちょっと待った」

私は話の途中で口を挟む。

「なに？」

「どうして、学校辞めたんだよ。なんかあったわけ？」

「……別に、なにもないわ」

「嘘《うそ》つけ」

はっきり言われて、月子はまた溜め息をついた。

「あんまり言いたくないんだけど」

「怒らないから、言ってみな」

私に詰問されて、彼女は仕方なく口を開く。

「あのね、英語学校ってほとんど日本人しかいなかったの。それも、私と同い歳ぐらいの女の子ばっかりで」

そこで月子は言葉を濁す。私はそれ以上はもう聞く気になれなかった。きっと、新天地に来たつもりだったのに、自分のコピーみたいな女の子がうじゃうじゃいて、うんざりしてしまったのだろう。

そこへ爽やかに日に焼けた王子様の登場だ。彼がアメリカ人ならまだ絵になっただろうが、日本人というところがお手軽で情けない。

「彼が英語の勉強をしたいなら、働いた方が早いって言って、バイト先を世話してくれたのよ。でも、それが正解だったみたい。もう日常会話だったら不自由ないもの。彼ね、今まで付き合ってきた人と全然違うの。自然で飾ってなくて、夢のある人なの。年下なんだけどすごく大人で、私の話をちゃんと聞いてくれる人なのよ」

私は電話のコードをくるくる指で巻きながら、何を言ったらいいのか考え込んだ。私にはハワイ在住の日本人サーファーが、年上の理屈っぽい女性に恋するとは、とても思えなかった。

「あのさ、月子は信じないかもしれないけど」

「うん」

「私、月子のこと心配してる。つらかったら帰っておいでよ。帰って来たら来たで、私厭味《いやみ》言っちゃうかもしれないけどさ。でも、帰っておいでよ。お金ないならチケット送ってあげるから」

私の台詞《せりふ》に彼女はしばらく返事をしなかった。余計なお世話だと思ったのか、私が珍しく優しいことを言ったので驚いているのか、どちらだか分からなかった。そのうち、受話器から明るい笑い声が聞こえてくる。

「深文がそんなこと言うなんてえ」

可笑《おか》しくて仕方ないという声で、月子は答えた。

「優しいじゃない。どうしたの？」

「どうもしないけど」

笑われてしまって、私は片頰《かたほお》を膨らませる。

「ありがとう。そう言ってくれるのは嬉《うれ》しいけど、私毎日すごく楽しいの。彼、日本に帰る時はいっしょに帰ろうって言ってくれてるし、バイトの稼ぎもいいのよ。気候もいいし空も海も青いし、東京でヒール履いて満員電車に乗ってたのが嘘《うそ》みたい。深文もストレス溜《た》まったら遊びにおいでよ」

はつらつとした彼女の声を聞いて、私はそっと唇をなめた。恋人ができたばかりの月子には、何を言っても無駄なのだ。それは昨日や今日始まったことではない。そのうち、彼とは別れたわと報告してくるだろうから、その時、助け船を出してやればいいか。

「そっか。それなら安心した。なつ美も心配してるからさ、暇があったら電話してあげて」

「わかったわ、そうする」

「じゃあ、またそのうち電話するよ。もう寝るんでしょ」

「ん、本当にありがとう」

一抹の不安を感じながら受話器を置くと、その拍子にポンとお尻《しり》を叩《たた》かれた。びっくりして振り向くと、岡崎が隣の椅子に腰掛けてにやにや笑っている。彼がそこにいたことを私はすっかり忘れていた。

「優しいとこあるじゃない」

厭味《いやみ》にしか聞こえない口調で、彼はそう言った。


結局、私は岡崎といっしょに事務所を出ることにした。

コーヒーでも差し入れようかと会議室を覗《のぞ》いたら、長引きそうだから帰っていいわよとサユリさんが言ってくれたのだ。

会社を出ると、ちょうど空車のタクシーが目の前を通りかかった。岡崎は躊躇《ちゅうちょ》なく手を上げて車を拾うと、背中を押すようにして私を後部座席に押し込んだ。後から乗り込んできた彼は、ご機嫌で運転手に「赤坂」と告げた。

「赤坂？　もっと近い所にしない？」

「うまい牛タン屋を見つけたんだ」

「牛タンねえ」

「嫌いか？」

「好きだけどさ」

「じゃあ、いいだろ。あ、運転手さん、高速乗らずに下から行こうよ」

楽しそうな岡崎を見て、私は諦《あきら》めをつけた。シートにからだを沈めて肩の力をフウと抜く。また夜中までこのおじさんに引っ張り回されるのだろう。私は岡崎に、もう数え切れないぐらい何度も食事を御馳走《ごちそう》してもらっている。一番最初が、私が人事に配属になった日のことだった。

ちょうど岡崎と私の配属の日が同じで、小さな会議室に私達が辞令をもらうため待機させられていた時のことだ。新入社員でコチコチに緊張している私に、岡崎は人のよさそうな微笑《ほほえ》みを浮かべて、同期入社になるのだから仲良くして下さいと握手を求めてきたのだ。おずおずと出した私の手を彼はしっかり握って、予定がないのなら今晩このおじさんに御飯でも御馳走させてくれないかと言った。

自分をこのおじさんと指さした岡崎を見て、感じのいい人だなと私は警戒心を解いた。薬指には結婚指輪がはまっていたし、変に若い男の子と食事に行くよりは、気軽で楽しいかもしれない、そう思って付いて行った。

　お寿司を食べさせてもらったあと、ちょっと高そうなバーへ連れて行かれた。そしたら、肩を抱かれて口説《くど》かれてしまった。びっくりして彼の顔を見ると、人なつっこい笑顔がそのままそこにある。頰《ほお》を張り倒してやるとか、冷たく断って帰るとか、そういうことをする前に私は思わず、私なんか口説いてどうするんですかと笑ってしまったのだ。

　その台詞《せりふ》がどうしてだか岡崎に大ウケしてしまい、彼は私を変な女だと指さした。それから彼は私につきまとった。どうして寝てくれないのかとしつこく聞くので、私はスケコマシおじさんに、ちゃんと理由を説明してあげた。

　あなたに奥さんと子供がいることは別にいい。あなたのことを嫌ってもいない。けれど、あなたのことだから、きっとこれから事務所中の女性を口説くはずだ。誰にもバレなければ私はあなたと寝てもいいけれど、あなたが口が堅いとは思えない。事務所の誰かと寝た時に私と寝たことをポロッと言ってしまう可能性は大きい。そういう揉《も》め事に巻き込まれるのだけは御免なのだと、私は岡崎の隣で焼き鳥をかじりながら説明をした。

　これがまた岡崎にウケてしまった。そんなガキみたいな顔して倫理感ってもんがないのかと彼は大笑いをした。

　あんたに言われちゃおしまいだと私は思ったが、まあ岡崎の言うことも当たっていないこともなかった。私は事務所の人や親にさえバレなければ、実際誰と何をしたっていいと思っているのだ。

　だが私がそこまで正直に言ったのに、岡崎にはピンと来なかったようだ。かえって、絶対事務所の奴にバレるようなことはしないからおじさんと寝てくれと迫ってくる。私はもう何を言うのも面倒で、鼻であしらうことにした。そのまま今に到っている。最近は食事の度に口説《くど》いたりはしなくなったけれど、三回に一度ぐらいは思い出したようにホテルへ誘うこともあった。けれど、私は岡崎とだけは寝ない。彼は事務所の女の子で口説いているのは私だけだと言い張っているけれど、それを信用するのは危険過ぎる。

　赤坂に着く頃には、おなかがペコペコだった。牛タン屋というのは、どういう所だろうと思っていたら、そこは綺麗《きれい》とは言いがたい小さな居酒屋だった。中年のサラリーマン達が牛タンをつまみにビールや焼酎《しょうちゅう》をあおっていた。空きっ腹に入れたビールと牛タンは思わず唸《うな》ってしまうぐらいおいしかった。

「うまいだろ」

「うまい」

「女の子だろ。おいしいわっていってみな」

「ああ、うまい。こりゃたまんねえな」

喧騒《けんそう》の中、隅っこの小さなテーブルで、顔を寄せあって私と岡崎は笑った。こうやっていると、私はもしかしたらこのスケコマシが好きなんじゃないかとさえ錯覚してしまう。私はこの男に恋などしていない。けれど、目の前にいる道徳観のない男に、仲間意識を持っていることは確かだった。

「最近はどう？」

私のコップにビールを注《つ》ぎながら、岡崎が聞いてくる。

「何が？」

「男遊びの方」

「そんなことしてないよ」

「またまた。その指輪は何だよ。見たことないぞ」

左手の中指にはめたコインリングを、彼は顎《あご》で指した。

「自分で買ったんだよ」

「嘘《うそ》つけ。お前が自分でそんなもの買うか」

私は箸《はし》を持つ手を止めて、岡崎の顔を見た。この男はあてずっぽうで言っているのか、それとも何もかも知ってて言っているのか分からなかった。

「自分だって、いつもと違う時計、してるじゃないか」

岡崎の手首には、いつもしているカルチェに代わって、アンティークのロレックスが巻きついていた。

「これは、ご婦人に頂いたのさ」

厭味《いやみ》で言ったのに、自慢されてしまった。私はあきらめて白状することにした。

「人からもらった。でももう随分前だよ」

「渉外にいる近藤って男だろ」

「何だ。知ってるなら知ってるって言えばいいのに」

「え？　当たりか。そりゃ驚いた」

ちっとも驚いていない顔で、彼はそう言った。今年入社した近藤という男に、私はよく食事に誘われる。事務所ではなく店頭の方にいる人なので、食事ぐらい別にいいかと二度ほど誘いに乗った。そうしたら、誕生日でも何でもないのに突然指輪なんか渡されてしまったのだ。どうしようかと思ったけれど、デザインが気に入ったので、ありがたく指にはめることにした。けれど、あれから一度も近藤の誘いには乗っていない。この前、日比野が私の所にきて「渉外の近藤さんのこと、ふったそうですね。深文さんもやるなあ」と耳打ちしていったから、どうやらそういう事になっているらしい。

「近藤とは寝たのかよ」

「そうだよな、俺とさえ寝てくれないのに」

「まさか」

「岡崎さんが会社辞めたらいいよ」

「お前、上司を脅迫する気か？」

ぶつぶつ文句を言う岡崎を見て、私はつい吹き出してしまう。子供のようなわがままを言う男だ。大した物でなくても、視界に入る玩具《おもちゃ》は全て自分の物にしたいらしい。

「そうだ。日比野弓子ってどういう子？」

岡崎が唐突にそんな事を聞いた。

「え？　日比野？」

「お前の下の子だろ。あれ、最近俺に付きまとってくるんだよなあ」

あたりめを食いちぎって、岡崎が言う。

そういえばこの前、岡崎さんみたいな人と不倫してみたいと日比野が言って、サユリさんに睨《にら》まれてたっけ。

「飲みに連れてって下さいよおって、科《しな》作ってさ。やってもいいってことかな」

「そうじゃない」

「やってもいい？」

「私に聞かないでよ」

しらっと言う私に、岡崎は身を乗り出して顔を寄せた。

「お前がやらせてくれないから、浮気心ができちゃうんだぜ」

「誰が誰に浮気するって？」

「冷てえなあ。本当に会社辞めちゃおうかな」

「そんなに私のことが好きなの？」

「お。ガキが偉そうな事言うねえ」

岡崎はクスクス笑って、ビールのグラスを傾ける。

「でも、日比野はやめといた方がいいかもよ」

「焼き餅焼いてやんの」

「違うよ。あの子って結構思いつめそうなタイプじゃない。奥さんと別れて下さいなんて迫られるかもよ」

「そっか。それはまずいな」

「手を出すならサユリさんの方がいいんじゃない」

「馬鹿言うな。ああいうのが一番恐いんだぞ」

真剣に眉《まゆ》をひそめる岡崎に、私はまた吹き出した。決して寝ない男の人だからこそ、私は彼を憎まずにすんでいる。私は岡崎のことが好きだった。この下世話な友人は、私にとって甘く楽しい秘密だった。

4

日比野は意外に仕事ができた。

彼女が人事に配属になって四ヵ月だが、私が一年がかりでやっと覚えた事を、もう日比野はだいたい飲み込んでしまっている。要領はいいし、案外細かい所まで気が回るし、端末を叩《たた》く指先だって私よりずっとリズミカルだ。私はそれほど多くない仕事の半分を日比野に回し、余った時間でサユリさんの手伝いをしたり、のんびり給湯室の流し台を磨いたりしていた。

暇でお給料が貰《もら》えるならこんないい事はないと私は思っているが、日比野はそうではないようだ。もっとやりがいのある仕事がしたいと鼻息荒く課長に直訴しに行った。そうしたら楽で給料貰えるんだからいいじゃないと、軽くあしらわれたそうだ。日比野はそのことを涙を浮かべて私に報告しに来た。悔しいと唇を噛《か》む彼女に、私は何も慰めの言葉が言えなかった。どうしてそんなことで泣くのか、そして私になんか涙を見せて何の得があるのか、理解することができなかった。だいたい遅刻した上に定時ピッタリに帰って行く彼女が、やりがいのある仕事がしたいなんて矛盾もいいところだ。

「うわっ。もうラーメンしかないじゃない」

社員食堂のメニュー表を見上げて、日比野が舌打ちをする。それを聞いて私もメニューを見上げた。ショックで口がきけなかった。

「しょうがない。深文《みふみ》さん、ラーメン食べてからお菓子でも食べましょうよ」

私と日比野は、三時からの会議で使うペーパーを朝からずっとワープロで打ち込んでいたのだ。時間ぎりぎりに上げて、やっとお昼にありつけると思ったら、不評ナンバーワンのラーメンしか残っていないという有り様だ。

うちの信用金庫では、制服のまま外へ食事に行ってはいけない規則になっている。仕方なく私達は食券でラーメンを買い、窓に近い席に向かい合って腰を下ろした。

「サユリさんが休みの時に限って、これだもんね」

お箸《はし》をパチンと割って、私は独り言のように言った。今日は珍しくサユリさんが有給を取っているのだ。二人でなく三人でやれば、こんな時間までかからず仕事を上げることができただろう。

「んん。でも、サユリさんがいないと気楽にできていいや」

麵《めん》を啜《すす》りながら、日比野が答える。

「もしサユリさんがいたら、レイアウトがおかしいとか、コピーが曲がってるとか、そんな事言い出して、うるさいったらないもん」

「まあね」

私は曖昧《あいまい》に笑ってみせた。それは日比野の言うとおりだが、サユリさんなら日比野の何倍も綺麗《きれい》な原稿を、三十分は早くあげることができるだろう。

「サユリさんって、今日どうして休んだんですか？」

「さあ、知らない」

今朝、私が事務所の掃除をしていると、サユリさんから電話がかかってきたのだ。用事ができてしまって休ませてほしいと彼女は言った。サユリさんにだって、たまには外せない急用が出来たりもするだろう。

「私達には、よほどの用がなきゃ休んじゃいけないって言ってるくせにね」

よっぽどの用だったんでしょうよと私は胸の中で呟《つぶや》く。私がそうよねと同意しなかったのが気に入らなかったらしく、日比野は重ねて言ってくる。

「サユリさんって、ちょっとわがままだと思いません？」

わがままはお前だろよ。

「深文さんは、サユリさんから気に入られてるから分かんないかもしれないけど、結構あの人ひどいことするんですよ」

　私はまずい物は残すよりも一気に食べてしまうことにしている。とっくに食べ終わった私は日比野の相手をしてやることにした。

「意地悪でもされたの？」

「そうなんですよ。あの人、誰にも分かんないように平然と意地悪してくるの」

「ふうん。例えば？」

「えっと、そうだ。先週、部長が北海道に出張に行ったじゃないですか」

「うん」

「で、お土産《みやげ》に白い恋人を買って来てくれたでしょ」

　白い恋人というのは、北海道で売っているクッキーの名前だ。

「それを三時のお茶といっしょに、サユリさんが配ってたの覚えてます？」

「そうだっけ」

「そうなんですよっ。それで、私の机の上にだけ、白い恋人を置いてくれなかったんです」

　私は奥歯にひっかかったシナチクを楊枝《ようじ》でつつきながら、日比野の顔を見た。

「で？」

「ひどいと思いません？　絶対わざとですよ。サユリさん私のこと嫌ってるもん」

「ひどいことって？」

「たまたま忘れたんじゃないの？　あれ沢山余ってたじゃない」

「その余った奴を、サユリさんたら店頭の女の子達に持って行っちゃったんですよ。絶対わざとだ、あれは」

　本気で悔しがっている日比野を前にして、私はあくびを噛み殺した。これじゃまるで小学生の喧嘩《けんか》ではないか。

「そんなことって深文さんは思うかもしれませんけどね。この前は私が作った書類を、間違えたふりしてシュレッダーにかけちゃったんですよ。フロッピーに原稿が入ってるにしても、ちょっとひどいですよ。そんなことされたら、仕事に差し支えます」

「まあね」

「深文さん、ちょっと気を付けてサユリさんのこと見てて下さいよ。もう、本当にさりげなくひどいことしてるんだから」

　日比野のオレンジの口紅を塗った口が、パクパクとよく動く。あんまり冷たくして反感を持たれたら、今度はこっちに敵意の矛先が向くだろう。私はにっこり笑って頷《うなず》いてみせた。

「分かった。気をつけてみるよ。現場見たらフォローするし、あんまりひどいようなら、それとなく課長かなんかに言っておく」

「わ、本当に？　よかった。深文さんが味方になってくれれば少しは安心だわ。あ、私何か買って来ますね」

私は日比野に五百円玉を渡して、何でもいいからジュースとお菓子買ってきてよと言った。お小遣いをもらったお嬢ちゃんは、パタパタと売店に向かって行く。

私は椅子《いす》の背に凭《もた》れて、窓から外の景色を眺めた。日比野の話は本当だろうか。聞いた限りでは、日比野の考え過ぎのような感じがする。だが、サユリさんが日比野に反感を持っていることは事実だ。サユリさんは鈍感な人間が大嫌いなのだ。詮索《せんさく》好きでおしゃべりな日比野のことを、サユリさんが気に入るわけがない。その上日比野が変に仕事ができるから、余計それがサユリさんの神経に障るのだろう。もちろん、サユリさんは露骨に敵意を表したりはしない。仕事を頼む時の口調は柔らかいし、私達三人で世間話をすることだってある。けれど、サユリさんは静かに冷やかに日比野を無視している。だからこそ、サユリさんがそんな子供のような意地悪をするなんて考えにくい。もし、サユリさんが日比野に対して攻撃を起こすのなら、そんな甘っちょろい意地悪で済むわけがない。

私はしばらく考えを巡らせてから、ひとりで肩をすくめた。

まあいいか。今のところ私に実害があるわけではないし、日比野には勝手に愚痴らせておけばいいだろう。

ところがだ。

サユリさんが有給を取ったのなら私もとばかりに、日比野が休みを取った日のことだった。

十二時になると社員食堂が混むので、私はいつも十一時半頃食事をしに行くようにしている。サユリさんは社員食堂のまずいランチを強力に嫌っていて、大抵パンかお弁当を持って来て休憩室で食べているのだが、その日は珍しくいっしょに食堂に行くと言い出したのだ。

私とサユリさんは、食堂のある階へエレベーターで上がって行った。私達はふたりともランチを注文して、端の方の席に腰を下ろした。

「日比野さんは、どうして休みを取ったのかしら?」

「さあ。聞いてないんです」

魚のフライを気がなさそうにつつきながら、サユリさんが聞いた。私はこの前日比野と同じような会話をしたなと思いながら、みそ汁をすすった。

「きっとこの前私が休んだから、今ならさぼっても睨《にら》まれないと思ったのね」

そうですねと言うわけにもいかず、私は曖昧《あいまい》に首を傾げてみせる。しばらく私達は黙々とランチを口に入れた。私がペロリと全部平らげてお茶をすすり始めると、サユリさんはお皿の上の魚を三分の一ほど残して、溜《た》め息まじりに箸《はし》を置いた。こんなまずいものよく全部食べたわねという視線が送られてくる。

「日比野さんにも困ったものね」

形よく伸ばした爪《つめ》を点検しながら、サユリさんがそう言った。

「朝の掃除、いつも深文ちゃんがやっているんでしょ」

「はあ」

「新入社員なのに、どうしてもっと早く来ないのかしら。深文ちゃん、日比野さんに注意したことあるの？」

「いえ……私が早く来ちゃうから、彼女が来る頃には掃除し終わっちゃうんですよね」

「だめよ。深文ちゃん、人がよすぎるわ」

私はサユリさんの長いまつ毛が、小刻みに震える様子をポカンと見ていた。サユリさんが日比野のことを私に意見するのは初めてだった。今までは、話題の端にあげることもなかったのに。

「あの子、深文ちゃんの仕事、ちゃんと手伝っている？」

覗《のぞ》き込むようにサユリさんは私の顔を見た。私はサユリさんが、何故急に日比野に興味を持ち出したのかが分からなくて、答えに困ってしまった。

「どうなの？　逆らったりしていない？」

「……そんな、逆らったりは……」

「会議が長引くと、あの子いつもさっさと帰っちゃうみたいじゃない。深文ちゃんは残ってくれているのにね」

サユリさんの優しい口調が、私にはかえって恐かった。サユリさんを本気で怒らせるようなことを、とうとう日比野の奴、しでかしたのかと私は考えを巡らせた。けれど、私の知る限りでは、それほどの事件はなかったように思う。

「だいたいあの子はね。社会人になったっていう自覚がないと思うのよ。今までは、余計なお節介だと思って、何も言わずにきたけれど」

そこまで言って、サユリさんはふいに口をつぐんだ。正面に座った彼女の視線が、私を通り抜けてどこか違うところを見ている。あれっと思った時には、もうサユリさんはテーブルに視線を落としていた。

不思議に思って振り向くと、ランチを載せたトレイを持って、男の人達が数人こちらへやって来るのが見えた。人事の課長と、あとは総務の男の人が三人いる。岡崎の顔も、その中に見えた。急に黙ってしまったサユリさんを見て、私は内心ほくそ笑んだ。彼女は男の人達に、同性を中傷しているところを見られるわけにはいかないのだ。

男の人達が談笑しながら、私達の座っているテーブルを通り過ぎて行く。ちらりと岡崎がこちらを見たので、私は口の端っこで笑ってみせた。なのに、彼は何も反応を示さず手近の誰かと話を始める。私は首を傾げて岡崎の背中を見送った。彼は私と目があうと、どういう状況だろうとウィンクぐらいよこしていたのに。

飼い猫にそっぽを向かれた気分になっていると、唐突にサユリさんが口を開いた。

「外にお茶でも飲みに行かない？」

そんなことを言われて、私は目を丸くする。

「え？　でも」

「平気よ。私たまにひとりで喫茶店行くもの。上の人に会っちゃったら、私がうまく言ってあげるから」

そこまで言われては断れない。いや、それよりサユリさんが私をお茶に誘うなんて、いったい何事だろうと思うじゃないか。トレイを持って立ち上がったサユリさんに続いて、私も食器を持って歩き出した。

サユリさんに連れられて来た喫茶店は、歩いて三分ほどの雑居ビルの地下にあった。古いタイプの炭火焼きコーヒーの店で、食べるものはケーキぐらいしか置いていないせいか、お昼時だというのにそれほど混んでいなかった。

サユリさんは、狭い店内をぐるっと見渡して知っている顔がないことを確認すると、早速日比野の悪口を並べ始めた。

仕事のこと、電話の応対が軽過ぎること、派手な口紅のこと、下品な赤いピアスのこと。次から次へと、彼女は愚痴を吐き出していった。私はコーヒーを飲むのも忘れ、サユリさんの顔を唖然《あぜん》と見る。何年かいっしょに仕事をしてきて、こんな熱心に人の中傷をするサユリさんを見るのは初めてだった。

私の知っているサユリさんは、冷静で無口で、理想の自分を演じることにしか興味がないナルシストだったはずだ。それが、どうしたことだろう。目の前にいる彼女は、日比野の電話を盗み聞きし、ボーイフレンドの数まで想像しては顔をしかめている。これでは、女性週刊誌の発売日を楽しみにしているゴシップ好きのOLではないか。

機関銃のようにしゃべるサユリさんを見ているうちに、私は日比野の言っていたことも、あながち被害妄想だとは言えないような気がしてきた。明らかにサユリさんは冷静ではなくなっている。この調子じゃ、日比野につまらない意地悪を繰り返している可能性は大きい。

私はどうやらサユリさんという人を、買いかぶっていたのかもしれない。何が原因で急に日比野のことを妬《ねた》みだしたのかは分からないが、あんなにクールだったサユリさんが嘘のようだった。こそこそと隠れるようにして私に心情を打ち明けたのは、やはり私を味方につけようと策略しているからだろう。あれほど高慢に人を見下していた人なのに、結局憎しみに心を乱されて、卑屈な女になってしまったのだろうか。そう思うと、目の前にいる年上の女が、可哀《かわい》そうな人にも見えてくる。

「このまま日比野さんを好き勝手にさせていくと、仕事に支障が出ると思うのよ。でも私が注意すると日比野さんもカチンとくるだろうし……」

ひとしきり悪態をついてスッとしたのか、サユリさんは余裕を取り戻した笑顔でそう言った。私はコーヒースプーンをいじりながら少し考える。

「分かりました。私から少しずつ注意していきます」

「そう？　悪いわね、深文ちゃん」

「いいえ。日比野さんって、頭の悪い子じゃないから、言えば分かってくれると思いますよ」

「深文ちゃんがそう言ってくれて助かるわ」

私の言葉に、サユリさんは本気で安心したようだ。私はもちろん、日比野の勤務態度を改善させる気など微塵《みじん》もなかった。


それからサユリさんと日比野の戦いは、本格的なものになっていった。彼女達は、それぞれ私を味方につけたと思い込んでいるせいか、代わる代わるやって来ては、お互いの中傷を私の耳に入れて行った。

面白いことに、彼女達は決して表立っていさかいを起こしたりしなかった。たとえば、サユリさんは日比野が通っている週一度のテニススクールの日にわざと残業を言い渡したし、日比野はサユリさんがワープロを打っている時、わざとコードに足をひっかけて躓《つまず》き、電源をひっこ抜いたりしていた。それでも彼女達は大真面目な顔で謝り、いいのよ気にしないでと笑っている。水面下での戦いが陰険になればなるほど、彼女達は表面上仲良くなっていった。

何か事があると、必ずと言っていいほど彼女達はひとりずつやって来て、こんな酷いことをされたと目を吊《つ》り上げた。サユリさんは二日に一度はあの喫茶店に私を誘うようになったし、日比野は私をよく夕飯に誘うようになった。

不思議と私は、彼女達の愚痴をそれほどいやな気分にならず聞くことができた。昼休みとアフター5を削られることに、それほど憤りは感じなかった。それどころか、私はふたりの話を聞くことを楽しみにしている気さえした。

私は面白くて仕方なかったのだ。外から見ると思いやりのある会話をしている彼女達が、隙を見せたとたんに相手の頬《ほお》をつねるような真似をしているのが、私には可笑《おか》しくてたまらなかった。それをいちいち隠れて私に報告しに来るふたりが、ずっと年下の女の子のように可愛いと思うことさえある。私は、以前よりずっとサユリさんとも日比野とも、親密になった気がするのだ。

「それは、深文、ちょっとやりすぎじゃないか」

私の話を聞いた天堂が、呆《あき》れたような口調でそう言った。

「でしょう。女は恐いよね」

「そのふたりのことじゃないよ。お前がひどいって言ってんの」

笑いながら、天堂は私の頰を軽く叩《たた》いた。彼の裸の肩越しには、朝からつけっ放しのテレビが見える。テレビのボリュームが大き過ぎて、彼の言葉を聞き違えたのかと思って、私は枕元《まくらもと》にあったリモコンでスイッチを切った。紋付袴《もんつきはかま》姿の漫才師が、プッンと闇の中に消えて行く。

今日はお正月の二日だ。大晦日《おおみそか》まで私も天堂も仕事で、元旦は義理を果たすべくお互い自分の実家で過ごし、今日やっと一ヵ月振りの逢瀬《おうせ》となったのだ。

「私がひどいって言った？」

「言ったよ」

「ふうん」

「全然、罪悪感がないな、お前は」

天堂はうつ伏せに寝ころんだ私のお尻《しり》を、掌でポンポン叩《たた》く。テレビを消した部屋には、エアコンの回転音だけが小さく聞こえていた。枕に埋めていた顔を起こして、私は天堂を見上げた。そんなことはないと言い返そうとした時、クッションに寄りかかっていた彼が立ち上がった。

「雪だ」

寝そべった私の前を、彼の足首が通り過ぎて行く。窓の前に立ったトランクス姿の天堂を、私はぼんやり眺めた。

「ほら、見ろよ。降ってきた」

痩《や》せた背中が、笑顔でこちらを振り向く。私はその辺に落ちていたショーツを穿《は》き、のろのろと立ち上がって窓の外を覗いた。小さなベランダにパタパタと氷の粒が落ちて来る。窓に手をつくとびっくりするほど冷たかった。

「みぞれじゃない」

「夜には雪になるよ」

「雪なんか金沢で見慣れてるんじゃないの」

「お、深文が厭味《いやみ》言ってる」

そう言って笑うと、天堂は後ろから覆い被さるようにして両腕を回して来た。こめかみのあたりに、軽く唇が押しつけられる。

「でもさ。深文が俺に会社の話をするなんて珍しいな」

言われて私は何のことかと一瞬考えた。さっきの話題に戻ったことに気がつくと、私は天堂の方を振り向く。

「そうかもね」

そういえばそうだ。会社であった出来事を誰かに話すなんて今までなかったことだ。意識してそうしていたわけじゃなく、人に話すような事がなかったからだろう。

「それで、深文はどっちの味方なんだ？」

　くすくす笑いながら、耳元で天堂が聞く。私は窓に顔を向けたまま首を傾げた。

「どっちの味方になろうなんて、考えたこともないよ」

「ふうん。意外と八方美人なんだなあ」

　八方美人と言われて、私は少しムッとした。どちらでも似たようなものだけれど、嘘《うそ》つきと表現された方が感じがいい。

「なあ、おい」

　呼ばれて私は、回された腕をゆっくり解いて天堂の方に向き直った。ひょろっとした首の上に、人なつっこい笑顔が乗っている。彼の右手が伸びてきて、私の耳をぴっと引っ張った。

「面白がってると、今にとばっちりを食うよ」

　責める風でもなく、天堂はそう言った。私は返事を見つけることができなくて、彼の薄い胸に顔をこすりつける。何だか鼻の奥がツンとして、私は唇を嚙《か》んだ。感傷的になっているのは、一ヵ月に一度しかやって来ない恋人と、この冬初めてのみぞれのせいに違いない。

　正月休みが終わるとすぐ、なつ美から赤ん坊が生まれたと電話がかかってきた。子供は元気なのだが、自分の具合があまりよくない、すぐに元気になると思うから、そうしたら赤ちゃんを見に来てくれと彼女は力なく笑った。

なつ美は平気だと言っていたが、私は心配になって彼女の実家に電話をかけてみた。するとなつ美の母親が、からだの方はあまり心配ないのだが、生まれる前に夫婦喧嘩《げんか》をしてそれで落ち込んでいるようなのだ、親には言えないこともあるだろうから、深文さん、よかったら相談に乗ってあげてとお願いされてしまった。

それからしばらく、私は忙しさにかまけてなつ美に電話をしなかった。挿絵を描かせてもらっている出版社が女性誌を創刊することになり、そちらの方の仕事をもらえることになって私は有頂天になっていたのだ。なつ美の方からも連絡がなかったので、私は便りがないのはよい便りだと勝手に解釈していた。

だから二月の終わり、事務所になつ美が電話をかけてきた時、彼女の声にまったく元気が戻っていないことに私は驚いた。まだ具合がよくならないのと聞くと、彼女はからだの方はいいんだけどと言葉を濁す。電話の向こうで赤ん坊が泣く声がしていた。なつ美は遠慮がちに、旦那《だんな》のいない平日に遊びに来てくれないかと言った。私が答えに困っていると、彼女は無理ならいいの、ごめんなさいと小さく笑った。

電話を切ってから、私は思い切ってサユリさんに有給を取りたいと申し出た。あれこれ言い訳を考えるのも面倒だったので、友人が育児ノイローゼにかかっているようなので慰めてあげたいと理由を告げたら、サユリさんは快く頷《うなず》いてくれた。

翌週早速、私は休みを取った。ゆっくり朝寝坊をして、昼過ぎに家を出た。バッグを持たず手ぶらで歩くのは爽快だったし、平日の電車は気持ちよく空いていて、私はシートに凭《もた》れてうとうとと電車の揺れを楽しんだ。

駅を下りると、私は例のパイナップルを買った果物屋で、自家製だというフルーツゼリーをお土産《みやげ》に買った。ゼリーなら赤ん坊も食べられるかと思ったのだ。

マンションのエレベーターを上がり、なつ美の部屋のチャイムを押す。しばらく間を置いて、鉄の扉がカチャンと開いた。

「いらっしゃい。寒かったでしょ」

予想はしていたけれど、彼女の顔にはすっかり覇気《はき》がなくなっていた。いつも綺麗《きれい》に編んでいた髪は、うしろでひとつにまとめただけだし、着ているものもパジャマのようなスウェットの上下だ。

「具合はどう？」

「うん、もう平気よ。会社休ませちゃってごめんね」

「いいよ。たまには私だって休みたいし」

なつ美に続いてリビングに入ると、壁際に置いてあったソファがひとつ消えていて、そこにベビーベッドが置いてあった。覗《のぞ》き込むと、小玉西瓜《すいか》みたいな赤ん坊が、すうすう寝息をたてている。

「うわあ。これ生んだの？」

「そうよ。コーヒー？　紅茶？」

「じゃあ、コーヒー」

私はカーペットに膝《ひざ》をついて、むにゃむにゃ言っているなつ美の子供を眺めた。そういえば、性別も名前も聞いていないことに気が付く。

「名前は？」

「ハナエ」

ということは女の子だな。私はハナちゃん、ハナちゃんとそっと彼女を呼んでみた。

「起こさないでよ。やっと寝たんだから」

キッチンからなつ美の声が飛んで来る。私は口をつぐんで肩をすくめた。立ち上がると、天井から吊《つ》られた回転式のオルゴールが頭に触れる。独特なプラスチックのひらひらを見上げて私は微笑《ほほえ》んだ。姉に子供が生まれた時も、やっぱりこれがないと気分が出ないと、うちの父親が買ってきたっけ。

「これって、廃《すた》れないよね」

「ん。旦那のお母さんが買ってきたの」

「オルゴールとおしゃぶりとガラガラって、赤ちゃんの三種の神器《じんぎ》だもんな」

「こんなのいらないのに。捨てるに捨てられなくって困っちゃう」

本気で眉《まゆ》をひそめるなつ美を見て、私は目をぱちくりさせた。なつ美は腹を立てても、こんな言い方をする子ではなかった。相当苛々《いらいら》してるな、これは。

キッチンのテーブルで、私はなつ美がいれてくれたコーヒーを啜《すす》った。そこからはリビングがぐるっと見渡せる。改めて見ると新聞紙やら脱ぎ捨てた靴下やらが散らかっていた。この前来た時のピカピカの新婚リビングは、すっかりすさんだ感じになっていた。

「元気ないね。あんまり寝てないんじゃない」

「まあね。でも、この頃はそんなに夜泣きしなくなってきたから」

なつ美の笑った目の縁に、微《かす》かに皺《しわ》ができる。前からあった笑い皺だけれど、今日はそれがやたらと目についた。

「旦那《だんな》さんは協力してくれてるの？　あんまりひとりで頑張らないで、お母さんにでも来てもらったら？」

「先週まで、旦那のお母さんが手伝いに来てくれてたんだけどね……」

唇《くちびる》を尖《とが》らす彼女を見て、私はピンと来た。そうか、姑《しゅうとめ》とうまくいってないいな。

「喧嘩《けんか》したの？」

「……そう」

「なあんだ、そうか。それで落ち込んでるのか」

「笑わないでよ。私、本当に腹がたってるんだから」

からかうように笑うと、なつ美は横目で私を睨《にら》んだ。冷たいその言い方に文句が喉《のど》まで出かかったが、何とか飲み込んだ。疲れきっているなつ美を相手に、喧嘩をしてもしょうがない。

「……ごめんね」

しばらく黙っていると、彼女の方から折れてきた。私はフウと息を吐いて、テーブルの上にあった粉ミルクの缶を指で弾いた。

「どうしたの。なつ美らしくないよ」

なるべく優しく言ったつもりだったのだが、なつ美はうつむいて今にも泣きそうな顔をした。けれど彼女が泣き出す前に、赤ん坊がふにゃあと泣き声をあげる。なつ美は立ち上がって、ベビーベッドから小さな娘を抱き上げた。

「こんなはずじゃなかったの」

むずかる赤ん坊をあやしながら、なつ美はポツンとそう言った。

「どうして？　なつ美は好きな男の人と結婚して、早く子供が欲しいって言ってたじゃない」

「ん……でも、生まれてみたら、この子って私だけの子供じゃないのよね」

私にはなつ美の言葉の意味が、今ひとつ摑《つか》めなかった。そりゃそうだろう。母子家庭じゃないのだから。

「あのね。ハナエって名前、旦那のお母さんが付けたのよ」

「どういう字書くの？」

「お花の花に、江の島の江」

花江だ。おっとりした感じの可愛《かわい》い名前だと私は思った。

「神社でもらってきた名前だから、どうしても付けろって言うのよ。私は考えてた名前があったからいやだって言ったのに、勝手に届け出されちゃったの」

ふうん。それで怒ってるのか。

「なつ美が考えてた名前って？」

「みにい」

「え？」

「平仮名で、みにい」

絶句した。それはミッキーマウスの彼女のミニーちゃんのことだろうか。

「それは反対されるかもな」

正直な感想を言うと、なつ美はキッとこちらを向く。

「どうして？　可愛いじゃない。私、女の子が生まれたら、ずっとみにいって付けようって思ってたのよ。それを花江なんてセンスのない名前……」

センスがないのはどっちだよと私は胸の中で呟《つぶや》いた。この子だっていずれ、あら可愛いと言われる年を越えて、普通のおばさんになっていくんだ。いちいち〝みにい〟なんて名前がついて回ったんじゃ可哀《かわい》そうじゃないか。なつ美の腕の中から、こちらをじっと見ている澄んだ瞳《ひとみ》に、私は花江ちゃんでよかったねとウィンクした。

「一事が万事なのよ。寝かせ方だって、うつぶせ寝にしてるのに、お義母《かあ》さんが来ると、ちょっとの隙に仰向けにしちゃうの」

嫁と姑がお互いの隙を盗んで、赤ん坊を表にしたり裏にしたりしている姿を私は想像した。ここで笑ったら、きっと本気で怒るだろうと思い、私は顔に力をいれて無表情を装った。

「政夫さんは仕事が忙しいって、十二時近くならないと帰って来ないし。でも、いてくれたってこの子の機嫌のいい時だけあやして、泣くと私に押しつけるのよ。お義母さんのことだって、私が何か言っても右から左に聞き流してるし。結局、政夫さんはお義母さんの味方なのよ。あんなマザコンだなんて」

「やめてよ、そんな話」

無意識に出た台詞《せりふ》に、なつ美よりも私が驚いた。しまったと思ったけれど、もう遅かった。なつ美のまん丸に見開かれた目が、ゆっくり伏せられる。私は慌てて謝った。

「ごめん」

「……いいのよ。こんな話、誰だって聞きたくないわよね」

「違うんだ。えっと、うまく言えないんだけど」

「気にしないで、私が悪いんだから。あら、匂《にお》うわね。ハナちゃん、おむつ見てみましょうか」

　元気を装って、なつ美は立ち上がった。ベッドの上で娘のおむつを代えるなつ美の背中を、私は歯痒《はがゆ》い思いで見ていた。


　それからしばらく世間話をして、私はなつ美の家を出た。喧嘩《けんか》別れをしたわけではないのに後味の悪さが消えず、私は駅のベンチに座って貧乏揺すりをした。

　私はどうしてなつ美の愚痴を、黙って聞いてあげなかったのだろう。会社ではサユリさんと日比野の悪態を、平気な顔で受け入れているというのに、何故友達の愚痴を、笑って聞いてあげることができないのだろう。

　私にはなつ美の泣き事に、同情することも面白がることもできなかった。ただただ、奥様ワイドショーの悩み相談みたいな話題から逃げ出したかった。彼女を傷つけるかどうかなんて考える間もなく、拒否の言葉が零《こぼ》れた。

　苦い後悔と赤ん坊の泣き声が頭から離れず、私は「くそお」と呟《つぶや》いた。隣に座っていたおばさんがチロリと軽蔑の視線を送ってくる。私は立ち上がって、ホームにある売店に向かった。情報雑誌とスポーツ新聞とミントガムを買ってベンチに戻る。さっきのおばさんが今度は露骨にじろじろ見たけれど、平気な顔をして雑誌を広げた。なるべくスカッとしそうな映画を見て、気分を晴らそうと思ったのだ。

適当な映画館を選んでいるうちに、ホームに電車が滑り込んで来る。腕時計を見ると、五時を少し過ぎたところだった。電車のシートに腰を下ろすと、私はおもむろに新聞を広げた。江戸川を越えると電車は地下に潜り、空いていた車内が会社帰りのサラリーマン達で埋まってくる。それでも私はガムをくちゃくちゃ噛《か》みながら、スポーツ新聞のプロレス欄を読んだ。若い男のふたり連れが、こっちを向いてにやけていたので、私はヤケクソでにっこり笑い返してやった。

地下鉄を二度ほど乗り換え、私は目的の駅で電車を降りた。ホームの時計を見上げると名画座の最終回にちょうど間に合いそうだった。おなかが空いてきたけれど、何か食べている程の時間はない。マックで何か買って行こうかと考えながら階段を上がっている時のことだった。誰かに名前を呼ばれた気がして、私は足を止めた。

「深文ちゃん？」

今度ははっきり女性の声がした。ゆっくり振り返ると、階段の途中で立ち止まってこちらを見上げている女の人がいた。サユリさんだった。私はびっくりして、脇に挟んでいた雑誌と新聞をバサバサ落とした。慌ててかがむと、ヒールの踵《かかと》を鳴らしてサユリさんが階段を上がってくるのが見えた。私が雑誌を拾うと、サユリさんが新聞を拾ってくれた。外国人モデルのヌード写真が一面に載った新聞を、サユリさんは訝《いぶか》しげな顔で私に差し出した。

「偶然ですね」

友人ならば、あれえ偶然とにっこり笑えばいい。けれど、さして会いたくもない人にバッタリ会ってしまった場合、どういう顔をしたらいいのだろう。私は戸惑いながら、雑誌と新聞を畳んで、脇に挟み直した。

サユリさんは「ええ」と呟いたきり、私の恰好《かっこう》を頭から爪先まで露骨に眺めた。生活指導員の前に立った気の弱い不良のように、私は内心ビクビクしていた。今日の私は古着のジーンズに肩のところがほつれた革ジャンをひっかけている。おまけに中に着ているのは、ロードウォリアーズというプロレスラーのTシャツだ。会社へ行くのではないから、化粧もしていない。

「専門学校生みたいね、あなた」

しばらく間を置いて、サユリさんは私にそういう評価を下した。姉は私のこの恰好を見てロック少女と表現した。いろんな見方があるものだ。

「本当に偶然ね。私はこの辺に住んでいるのよ。あなたはどうしたの？　お友達の家に行っていたんでしょ？」

気を取り直したように、サユリさんが笑顔で聞いた。

「ええ、まあ……帰るところです」

「時間があるのだったら、私の所に寄っていかない？」

彼女の口からさらりと出たその台詞に、私は心底驚いた。また雑誌を落としそうになって慌てて脇を締める。

「いらっしゃいよ。お夕飯まだなんでしょ。いっしょに食べましょう」

「あ、えっと、でも」

「予定があるのなら仕方ないけど」

「いいえ、あの」

「遠慮しないで。さ、行きましょう」

映画を見ようと思って来たのだと断ることもできた。けれど、私は誘われるまま彼女の後に付いて歩き出した。

カシミアのコートに柔らかくかかるサユリさんの髪を眺めているうちに、胸がわくわく高鳴るような気がしてきた。あんなにきっぱり公私を分けていたサユリさんが、いくら偶然近所で会ったからって、自分の部屋に会社の女の子を誘うなんて、これは事件だ。映画なんてもうどうでもいい。こちらの方がよっぽど面白そうだ。

興味津々で付いて行くと、サユリさんは大通りから路地に入り、家々の間を縫うように歩いて行った。しばらくすると、前方にレンガ造りのどーんと大きなマンションが見えてくる。あそこかなと思っていたら、やはりそうだった。マンションのぴかぴかのホールを抜けて、サユリさんと私はエレベーターの前に立つ。私はそこまで来て、はたと気が付いた。私はさっきの口ぶりで、彼女がひとり暮らしだと勝手に思い込んでいたけれど、ここなら家族で住んでいても何の不思議もない。手土産《てみやげ》も買って来なかったことを私は後悔した。

「あの家族の方は……？」

今さら聞いても仕方ないのだが、私はサユリさんに曖昧《あいまい》な言い方で質問した。

「あら、私ひとり暮らしなのよ。言ったことなかったかしら」

サユリさんの部屋は、三階の一番奥の部屋だった。どうぞとドアを開けられて、私は玄関の広さにまず驚いた。作りつけの大きな靴入れの上に、見覚えのあるエッチングが掛けてある。最近持てはやされている、新鋭作家の作品だった。

「これ本物ですか？」

「ええ。この方の個展に行った時にね、気に入ってしまって衝動買い」

その個展なら私も行った。作品の素晴らしさよりも、その桁《けた》を間違えたのではないかと疑るような値段ばかり印象に残っている。

サユリさんは私にソファを勧め、手早く紅茶を入れると、着替えて来るわと奥へ引っ込んで行った。

私は紅茶をすすりながら、軽く十二畳はありそうなリビングを見渡した。革のソファに間接照明、黒で揃《そろ》えた家具に真っ赤な花瓶がアクセントになっていた。リビングまで歩いて来る廊下に、確かドアが三つあった。この家はいったいどのくらい広いんだろうか。少なくとも、昔家族四人で住んでいた板橋の団地よりもずっと広いだろう。

「お待たせ」

戻って来たサユリさんは、ジーンズに一目で絹と分かるシャツを着ていた。くるんと頭の上でまとめた髪が、彼女をみっつぐらい若く見せている。

「この部屋、買ったんですか？」

我ながら失礼な質問だと思ったが、聞かずにはいられなかった。もし賃貸だったら、それこそ桁違いの家賃に違いない。いくら私よりだいぶいいお給料をもらっているとしても、そうそう払いきれまい。親に頭金でも出してもらって、ローンを払っているというならまだ納得できる。

「まさか。こんな高い所買えないわ。借りているのよ」

サユリさんは気を悪くした様子もなく、ころころ笑った。私は彼女の楽しそうな顔を見て、これはパトロンがいるなと勝手に直観した。

それからサユリさんは、冷凍してあったものだけれどと私にビーフシチューを出してくれた。サラダもシチューもパンも手作りだと言われて、私はびっくりした。なつ美の結婚式で食べた変なフランス料理の十倍はおいしかったからだ。

食事の後、冷蔵庫にあった開けかけの白ワインを勧められた。彼女はあまりお酒が飲めず、ワインの栓を抜いても一週間かかってやっと一本開けるのだと笑った。華奢《きやしや》なグラスに一杯ワインをあけてしまうと、サユリさんの白い頬《ほお》がぽわんと上気した。機嫌よく酔った彼女は、ソファに寄りかかって自分のことを話し始めた。

秋田から出てきた自分が（彼女が秋田出身だということを私は初めて知った）東京の真ん中のマンションに住めるようになったのは、自分が努力した結果だ、いろいろ陰口を言う人もいるけれど、私は精一杯努力をしているから、僻《ひが》んで悪口を言う人達のことなど眼中にないのだと、サユリさんはワインを舐《な》めながら話した。私はがぶがぶワインを飲み、出してもらった高そうなチーズをぱくぱく食べて、彼女の自慢話を聞いた。私が生返事をしても、サユリさんはおかまいなく、ソファの値段や苦労して手に入れたアンティークのテーブルの話をした。

腕時計をちらりと見ると、そろそろ十時になるところだった。早く帰らないといけない理由などなかったが、このまま一晩中サユリさんの話に相槌《あいづち》を打っているのは御免だった。残ったワインを飲み干すと、私は洗面所を貸して下さいと立ち上がる。呂《ろ》律《れつ》の回らない声で、サユリさんが廊下の左よと言った。

教えられたとおり廊下の左のドアを開けると、大きな洗面台とまたドアがふたつあった。片方のドアは曇りガラスなので、バスらしい。もうひとつのドアを開けるとやっとトイレが現れた。

洋式トイレに座ると、どっと疲れが出た。私はこんなところで何をやってるんだろう。サユリさんが親切にしてくれればくれるほど白けてしまったのは、その親切の仕方が男の人に向ける種類のものだったからだろうと私は思った。たまにやってくる恋人だかパトロンだかに、サユリさんはああやって家庭的なところを見せて気を引いているのだろう。上司のプライベートなど隠されているからいいのであって、知ってしまえば面白くもなんともなかった。

トイレを出て手を洗い、リビングに戻ろうとして私は足を止めた。子供のような好奇心から、私は曇りガラスの扉をそっと開けてみる。思ったとおり、そこは風呂だった。ちょっと驚いたのは、左右に渡した天井のポールに、洗濯物が吊《つ》るしてあることだった。

そんなにじろじろ見たわけではなかったが、いやがおうでもひとつの下着が私の目を引いた。薄いキャミソールやストッキングに混ざって、サイケな柄の派手なトランクスが下がっている。どう見ても男物のパンツだ。私は溜《た》め息をついてバスの扉を閉める。その趣味の悪いパンツから、毛の生えた胸に金の鎖をつけた成り金まる出しのパトロンを想像して、私は苦笑いを浮かべた。

「サユリさん。私、そろそろ帰ります」

リビングに戻ると、私は腰を下ろさずドアのところで彼女に告げた。ゆっくりこちらに顔を向けたサユリさんは、気だるく私を見て「あらそう」と呟《つぶや》いた。

「駅まで送るわよ」

「あ、平気です。道覚えてますから」

私は努めて明るく、掌を振った。この様子では、彼女はきっと真っ直ぐ歩くこともできないだろう。

「ここでいいです。いろいろ御馳走様でした。明日は会社に行きますので」

ペコンと頭を下げ、玄関に向かった私をサユリさんが呼んだ。

「深文ちゃん」

「は？」

「忘れ物よ」

ソファに凭《もた》れたまま、彼女が私にスポーツ新聞を差し出した。

「あ、すいません」

戻って行って新聞を受け取ろうとすると、サユリさんは何故だか新聞を持った手を離さなかった。私の顔を下からじっと見上げている。

「サユリさん？」

「あなたって、変わった子ね」

「え？」

「なんでもないわ。気を付けてね」

新聞を離すと、サユリさんは大きな溜め息と共に向こうを向いた。刺《とげ》のある言い方が気になったが、私はすごすごと玄関を開けて外へ出た。

5

やっと春らしくなって来た四月のある日、私は二十四の誕生日を迎えた。

その日の朝、私はいつもよりさらに三十分早く出勤した。事務所の鍵《かぎ》を開け、まだ薄暗いオフィスを見渡してから、足早に更衣室に向かう。ロッカーを開けてバッグを突っ込むと、私は手早く服を脱いだ。パステルカラーのブラウスを着て規定のリボンを襟元《えりもと》に結ぶ。

制服に着替えると、私は家から用意してきた東急ハンズの紙袋を持って更衣室を出た。まだヒーターの入っていないオフィスは、気味が悪いぐらい静かだった。私の靴音だけがペタペタ響いている。

人事の机を抜けて、その奥にある八畳ほどのスペースに私は向かった。そこには書類棚がいくつかと、コピーやファックスなどの機械が置いてある。私はコピー機の横にあるステンレスのロッカーの前に立って、もう一度あたりを見渡した。

誰もいないことを確認すると、私は紙袋を足元に置いてロッカーの扉を開けた。ぎっちり詰め込まれた文房具を見て、私はしめしめと手を伸ばす。いつもより早くやって来たのは、何も誕生日だからではなく、会社の備品を頂戴するためだった。備品のロッカーを荒らすのは、これで三度目だ。最初はばれるんじゃないかという恐怖心もあったし、泥棒をしたという罪悪感もあった。けれど、怠慢な総務の女の子が気が付くほど大量に盗まない限り、誰からも咎《とが》められないのだと知った今は、罪の意識がほとんどなくなってしまった。

頂くのは、主に黒インクとケント紙、それからクリップや消しゴムといった細かい物だ。もちろんそれは、副業のイラストに役立てる。買っても大した出費ではないのだが、備品ロッカーにごっそりあるのを見てしまったら、つい自分のお金で買うのがもったいなくなってしまったのだ。

増えた依頼を端からこなしているせいで、私は以前よりずっとハイペースで絵を描いていた。当然インクや紙の減りも早く、今日は補充に来たというわけだ。

ロッカーの前にしゃがみこみ、私は七色揃《そろ》ったポスターカラーの瓶を手に取った。ポップという、店頭に出す告知用紙を書くために買ってあるもので、結構補充が頻繁だ。あまり減らないものを盗むと気が付かれるが、よく使われるものなら新品を頂いても平気だろう。

何色か選んで、鼻歌まじりに紙袋に入れた時のことだった。

「それ、どうするんですか？」

頭の上から突然言われて、私は飛び上がらんばかりに驚いた。しゃがんだまま恐る恐る振り返ると、日比野が上から私の顔を覗《のぞ》き込んでいた。

「あ……」

「おはようございます。こんな朝早くから仕事ですか？」

あくまで無邪気に彼女は笑った。私は今さら文房具を入れた紙袋を隠すこともできず、のろのろと立ち上がる。

「日比野さんこそ、今日は早いんだね」

泥棒の現場を見られた動揺で、頭の中が真っ白になった。それでも、口からは割と平静な言葉が出て来て、自分でも驚いた。

「ええ、まあ」

コートのポケットに手を入れて、日比野はごまかすように笑った。

「たまには深文《みふみ》さんより早く来て、掃除しようかと思ってたんですけどね。いつも、こんな朝早く来てるんですか？」

「う、うん。まあね」

「それ何です？　どこか持ってくんですか？」

足下に置いた紙袋を日比野は不思議そうに覗く。いくら頭をフル回転させても、私はうまい弁解を思いつくことができなかった。

「失敬しようと思ってさ」

腹を決めて、私は本当のことを言った。

「えっ？」

「沢山あるから、少し自分用に持って帰ろうと思って」

えへへと卑屈に笑うと、日比野も「ああ」と口許《くちもと》を綻《ほころ》ばせる。

「なんだ。そうだったんですか」

「サユリさんには内緒だよ」

「分かってますよお。私だって、ボールペン、何本か家に持って帰ってますもん」

日比野のいたずらっぽい笑顔を見て、私はとりあえず胸を撫《な》で下ろした。脇の下にじっとり冷たい汗を感じる。

「お掃除しちゃいました？」

「ううん。これから」

「じゃあ、今日は私がやりますから、深文さんは座ってて下さいよ」

「いいよ。いっしょにやろう」

私と日比野は、話しながら更衣室に向かった。

「でも、そんなに沢山持って帰ってどうするんです？」

手に下げた紙袋を、彼女はしつこく覗いた。今さら適当なごまかしを言って、日比野が引き下がるとも思えず、私は少し考えて本当の事を話すことにした。

「私、ちょっと絵を描くバイトをしてるんだ」

日比野はキョトンと私の顔を見る。

「ほら、私、美大行ってたじゃない。その頃から、雑誌の挿絵をね……それで、インクとか紙とか結構大量に使うから」

「本当ですか、それっ⁉」

私の言葉を遮るように、彼女は大きな声を出した。その大袈裟《おおげさ》な驚きように、私の方がびっくりしてしまう。

「じゃあ、深文さんの描いた絵が、雑誌に出てるの？」

「う、うん。まあね」

「すっごい。それじゃ、プロじゃないですか」

「いや、プロじゃないよ、別に。大したお金になんないから」

日比野は私の顔をじっと見たかと思うと、突然首をブンブン振った。

「聞いて、聞いて。深文さん」

急に興奮しはじめた日比野を、私はポカンと眺める。

「私も、イラスト描くんです」

「へえ、そう」

「へえそうじゃなくて、私、結構本気でやってるんですよっ。ねえ、私も挿絵のバイトしたいっ。深文さんのやってる仕事、少し回してもらえませんかっ?」

日比野は瞳《ひとみ》を輝かせて私の返事を待っている。私は唇をちょっと舐《な》めて、無言のままドアのノブをひねった。

「編集の人、紹介して下さいよ。あ、深文さんが忙しいのなら、私ひとりでも行けますから。それって、どこの出版社なんです?」

更衣室に入った私の後を、日比野が子犬のようにキャンキャンついて来る。私は曖《あい》昧《まい》に笑って、紙袋を自分のロッカーへ押し込んだ。

冷静なつもりでいたけれど、きっと私は相当動揺していたのだろう。何も本当のことをペラペラ喋《しゃべ》る必要はなかったじゃないか。けれど後悔したところで遅かった。私の後ろににっこり笑って立っている日比野の腹の内は明白だ。彼女は私の弱みを握っている。私が日比野の頼みを断れないことを彼女はよく分かっていて、無邪気な笑顔を作っているのだ。

「分かった。じゃあ、モノクロとカラーを何枚か持っておいでよ。私の担当の人に紹介してあげる」

「本当に? 本当にいいんですか?」

このヤロ。わざとらしく驚くなよ。

「いいよ。採用されるかどうかは、編集さん次第だけどさ」

「わあ、嬉《うれ》しい。いつか、チャンスが回ってくると思ってたんですよね。じゃあ、いつにします？　明日は？」

「後で電話して聞いてみるよ。都合がいいようなら、明日の帰りにでも行こう」

私は力なくそう答えた。まったく、私としたことがこんなドジを踏むなんて一生の不覚だ。

「じゃ、先に掃除してる……」

「はあい。すぐ、行きます」

楽しそうにロッカーを開け、着替えを始めた日比野を横目で見て、私はドアに手をかけた。コートを脱いで、ハンガーにかける彼女の姿に、私は一度そらした目を反射的に戻す。

日比野の服は、昨日と同じものだった。目敏《めざと》い私は、彼女の首すじについた小さな痣《あざ》も見逃さなかった。

何か言ってやろうかと思ったが、少し考えてやめておいた。からかったところで、反対に惚気《のろけ》られるのが落ちなのだ。

「くそ」

苛々《いらいら》と給湯室に入った私は、掃除に使うプラスティックのバケツを、爪先《つまさき》でガツンと蹴飛ばした。

その翌日、私は寝不足でふらふらだった。

十二時に布団《ふとん》をかぶって目をつぶってみたのだが、目が冴えてしまってとても眠れそうになかった。諦《あきら》めて起き出し、ちびちびウィスキーを飲みながら、明け方まで絵を描いていたのだ。どうせなら徹夜のまま会社へ来ればよかったのに、下手《へた》に二時間ほどうとうとしたら、余計調子が悪くなってしまった。

「深文ちゃん、具合悪いんじゃない？」

むくんだ顔で、仕事もせずぼうっと座っている私に、サユリさんが話しかける。

「はあ」

「朝からずっと、ぐったりしてるじゃない」

「あ、いえ。平気です。ただの寝不足ですから」

「そう？ 飲むのもいいけど、仕事に響かないようにしなさいよ」

言い方は柔らかくても、明らかにサユリさんは不機嫌だった。よく歯を磨いたつもりだったけど、息が酒臭かったかもしれない。両手を口に当て、こっそり息の匂《にお》いを確かめていると、サユリさんが書類袋を持って立ち上がった。

「ちょっと、店頭に行ってくるわ」

それを聞いて、私はすかさず顔を上げる。

「私が行きましょうか」

「あら、でもあなた、具合が悪いんでしょ」

「ええ……でも、少し動いた方が楽になるかと思って」

「そう。じゃあ、パートさんの出勤簿だから庶務の女の子に渡してちょうだい」

頷《うなず》いて書類袋を受け取り、私は席を立った。エレベーターの前を通り過ぎ、私は鉄の扉を開けて階段へ出た。

うちのビルは六階建てで、一階と二階は店頭になっている。三階から上の事務所に行く場合、大抵の人はエレベーターを使うので、この階段を利用する人はほとんどいない。

人事のある四階から踊り場まで下りて、私はおもむろに腰を下ろした。そこには、私の身長ほどの細長い窓があり、午後の日差しが小さな日溜《ひだま》りを作っている。

少しさぼろう。サユリさんには、店頭で引き止められたと言えばいい。私は頬杖《ほおづえ》をつき、小さく区切られた空を見上げた。

寝不足と宿酔いに加えて、私はとても気持ちが落ち込んでいた。認めたくはなかったけれど、こうやってひとりになってみると、からだより気持ちがまいっているのを、私は認めざるを得なかった。

昨日の誕生日、私は天堂から電話があるのではないかと期待していたのだ。けれど、電話はなかった。一晩中、私は背中で電話機を意識していた。夜が白々と明ける頃、私は絵筆を置いて、ウィスキーのグラスを洗った。そして、諦めて電話を留守番モードにした。恋人から電話がかかって来なかったぐらいで、これほどまでに落ち込んでいる自分がいやでしょうがなかった。天堂は忙しくて私の誕生日などすっかり忘れていたのかもしれないし、あるいは電話をしようと気がついた時はもう夜中で、気を遣《つか》ってやめたのかもしれない。

とにかく、どう解釈しようと、落ち込むほどの出来事ではないはずだ。そう自分に言い聞かせれば言い聞かせるほど、今度はなつ美からも月子からも、そして実家からも何の連絡もないことに思い当たった。

それがどうしたというのだ。両親も姉も、子供の頃からよく私の誕生日を忘れていたし、なつ美と月子だって、特に何かお祝いしてくれた覚えはない。それなのに、私は何をこんなにいじけているのだろう。

だから、私は誕生日が嫌いだ。無意識のうちに何かを期待していた自分が、とても恥ずかしかった。

膝《ひざ》を抱えて丸くなっていると、どこからか小さく足音が聞こえて来る気がした。はっとして顔を上げると、足音は少しずつ近付いてくる。誰かが階段を上がって来るようだ。私は慌てて立ち上がり、スカートの埃《ほこり》を払う。そっと手すりから下を覗《のぞ》くと、スーツ姿の男の人が、足早に階段を上がって来るのが見えた。

「岡崎さんっ」

急に呼ばれて、さすがの岡崎もびっくりしたようだった。傍から見ていて可笑《おか》しくなるぐらい、ぎくりとからだを震わせた。

「なんだよ、深文か。おどかすな」

こちらを見上げて、岡崎は安堵《あんど》の息を吐いた。

「そんな所でなにしてるんだ？」

「こっちの台詞《せりふ》だよ。どうしたの、階段なんか上がっちゃって」

「いや、最近ちょっと腹が出てきたからさ」

いつもの笑顔に戻って、岡崎は私の所まで上がって来た。

「まさか痩《や》せようと思って、四階まで階段で上がってるの？」

「まさかとは失礼だな。スポーツクラブなんか行ってる時間はないから、普段の努力を大切にしてるのよ、おじさんは」

「へええ。意外と地道な人だったんだね」

私は素直に感心して、彼の顔を見上げた。

「そういう、お前はどうしたんだ。苛《いじ》められて泣いてたのか？」

岡崎はそう言いながら、私の腫《は》れた瞼《まぶた》を指先で乱暴につついた。私は顔をそらせて、唇を尖《とが》らせる。

「まさか。宿酔いで気分が悪くてさ」

「ふうん。それで、こんな所でさぼってたのか」

「まあね」

立っているのがつらくて、私はまた階段にペッタリ座った。それを見て岡崎も隣に腰を下ろす。無造作に置いてあった書類袋を顎《あご》で指し、

「お使いの途中？」

「そ。サユリさんのね」

「へえ。あの人は、人使いが荒いからな」

そう言いながら、岡崎は袋に手を伸ばした。彼は真面目くさった顔で、ぱらぱらと出勤簿をめくる。しばらく眺めると気が済んだらしく、袋に入れてこちらに返してよこした。その気まぐれな横顔を、私はじっと見つめる。私の視線に気が付くと、彼はにこっと笑って、私の腰に手を回して来た。

「ちょっと、岡崎さん。まずいよ」

「平気さ。誰も来ないよ」

　彼の手から逃れようともがいたけれど無駄だった。がっちり両腕で私を抱え込むと、岡崎は唇を押しつけてくる。私は観念して、彼の気が済むまでじっと目をつぶっていた。

　岡崎の顔が離れると、彼は楽しくて仕方ないという目で、私を覗き込んでいた。

「ねえ、岡崎さん」

「ん？」

「私、きのう誕生日だった」

　どうしてそんな的外れなことを言ってしまったのか、自分でも分からなかった。案の定、岡崎は笑い出す。

「あいかわらずだな、キミは」

　答えに困って黙っていると、彼はもう一度キスをしてくる。今度は軽く触れただけだった。

「で、幾つになったんだ？」

「四」

「ふうん。欲しい物があったら買ってやるぞ」

　私はちょっと考えてから、岡崎の手を振りほどいて立ち上がった。

「欲しい物なんかないよ」

「じゃあ、おじさんが抱いてやる。おいで」

階段に腰を下ろし、岡崎がこちらに向かって両手を広げていた。派手なネクタイが下がった胸を、私はじっと見下ろした。

「ポルノ小説の読み過ぎじゃない」

精一杯の意地を張って、私はプイと横を向く。すると、岡崎は世にも残念な顔をして両手を下ろした。

「会社でこっそりするのが、俺の夢なんだけどな」

初めて女の子にふられた高校生のように、岡崎は真剣にガッカリした顔をしている。私はその様子を見て、吹き出さずにはいられなかった。


「わあ、弓子。うまいじゃない」

「そっかなあ」

「うまいよ。プロみたい。これだったら、絶対採用されるよ。自信持ちなって」

その日の夕方、更衣室に入ろうとした私は、ドアの向こう側の会話に、ノックする手を止めた。耳を澄ますと、日比野と総務の女の子の話し声が聞こえる。どうやら、日比野が自分の描いた絵を見せ、総務の女の子がそれをしきりに褒めているようだ。

あの、お喋《しゃべ》りめ。私は更衣室の前に立ったまま舌打ちをした。日比野の奴、私のことまで喋ったのだろうか。この場に入って行くのはまずいと判断して、とにかく机に戻ろうとした時、更衣室のドアが急に開いた。

「あ、深文さん。お先に失礼します」

「……お疲れ様」

私服に着替えた総務の女の子が、ピョコンと頭を下げて廊下を歩き出す。事務所の扉を出るまで背中を見送ったけれど、彼女は一度も振り返らなかった。

私はほっと息を吐いて、更衣室のドアを開ける。長椅子に座って化粧を直していた日比野が顔を上げた。

「お疲れ様でしたあ。もう六時ですよ、急ぎましょうよ」

私は黙ったままロッカーを開けて、制服のブラウスとスカートをぽいぽい脱いだ。セーターをかぶって首を出すと、無邪気にこちらを見ている日比野と目が合った。

「日比野さん、出版社にイラスト持ち込むこと、他の人に言ったの？」

「あれ？　聞いてました？」

「聞いてたよ」

「さっちゃんだけですよ。仲がいいから、見てもらいたくって」

ケロリと日比野は肩をすくめる。

「私のことも言った？」

「言いませんよお。私ってそんなにお喋りに見えます？」

「見える」

大真面目に言ってやったのに、彼女は冗談に取ったのかケラケラ笑っている。何を言っても無駄だと思ったが、とにかく釘だけは刺しておこうと私は日比野に向き直った。

「ね、採用になった時のこと考えたら、あんまり人に言わない方がいいよ」

「えー、そうですか」

「そうだよ。一応アルバイトは禁止なんだし、反感持つ人だっているだろうし」

日比野は私の言葉の意味がまったく飲み込めないらしく、マスカラを塗ったまつ毛をパチパチしばたたかせた。

「深文さんって、大袈裟《おおげさ》ね」

「何とでも言ってくれ。私はね、事務所の人に副業のことがばれるのは、絶対いやなんだよ」

つい感情的に言ってしまって、私ははっと口を閉じる。コンパクトを持ったまま、日比野が目を丸くしてこちらを見ていた。私はグホンと咳《せき》をして、コートに袖《そで》を通す。

「そうだ。行く前に私にも見せてよ」

「……ええ。もちろん」

彼女は、私が本気で怒ったのが分かったらしく、少々しおらしくスケッチブックを差し出した。

さっき、総務の女の子が上手《うま》いと言っていたので、私はちょっと期待して厚紙の表紙をめくる。

現れたカラーの絵に、私は言葉を失った。


私の担当編集者は、日比野のスケッチブックを一枚一枚めくっていった。その顔はとても冷静だ。喫茶店のテーブルで、日比野は珍しく畏《かしこ》まって座っている。私は三人の頭上に浮かぶ沈黙がつらくて、そわそわと水ばかり飲んでいた。

「あの、私の絵、どうでしょう」

沈黙に耐えられなくなったのか、日比野が焦れたようにそう言った。

「ええ。素人《しろうと》さんにしては、なかなかお上手《じょうず》ですね」

今年四十になる彼は、口髭《くちひげ》を指でいじりながら温和そうに笑った。それを聞いて、私はテーブルのシュガーポットの中に入ってしまいたいほど恥ずかしくなった。

日比野の絵は、下手だった。世の中には〝ヘタウマ〟という味のある絵もあるけれど、彼女の絵はそういう領域からも懸《か》け離れていた。とても本人には言えないが、それは子供のいたずら描きから一歩も進んでいないものだった。

どうして、絵を見る前に編集者に紹介するなどと言ってしまったのかと私は後悔した。忙しい時間を割いてもらって、見せた絵がこれじゃあ、迷惑以外の何ものでもない。

「このスケッチブックは、お借りしてもよろしいんですか？」

煙草の火を揉み消して、彼は日比野の顔を覗《のぞ》き込む。

「は、はい」

「では、他の者とも相談して、後日お返しいたします。ここに、ご自宅の住所と電話番号を」

日比野は差し出されたメモに、緊張した面持で住所を書き出した。彼女が下を向いている隙に、彼が小さくウィンクを送って来る。私は額の前で掌を合わせて、こっそり頭を下げた。

日比野が書いたメモを受け取ると、彼は残ったコーヒーを飲み干して立ち上がる。

「今週はちょっと忙しくてね。せっかく来て下さったのに、あまりお話しできなくてすみません」

「いいえ、あの……」

「日比野さんには、来週にでも僕からご連絡します。電話はご自宅の方がいいですよね」

「あ……会社でも構いませんけど」

日比野はすがるような目で、彼を見上げてそう言った。

「分かりました。じゃ、深文さん。また連絡します。今日はこれで」

伝票を持ってさっさとレジに向かう彼を、私と日比野は慌てて立ち上がって見送る。

店を出る時もう一度振り返った彼に、私達は同時にペコンと頭を下げた。

「ああ、緊張したあ」

編集者の姿が見えなくなると、日比野はどすんと腰を下ろす。私はこれ以上日比野と付き合う気はなかったので、そのまま脱いであったコートを羽織った。

「あれ、深文さん。帰っちゃうんですか？」

「ん。おなかも空いたし」

「私もおなかペコペコ。ねえ、せっかくだから飲みにでも行きません？」

何が〝せっかく〟なのか、全然分からなかった。けれど、日比野の意味深な笑顔に、弱みを握られていたことを思い出した。

「いや、でも。また今度にしない？」

「聞いてもらいたいことがあるんですよお。ね、ちょっとだけ、行きましょうよ」

聞いてもらいたい事、というのが変に気になって、私はとうとうノーと言うことができなかった。

日比野に連れて行かれたバーは、大学生ばかりが妙に目につく店で、大騒ぎをしている男共や、人目憚《はばか》らずキスをしているカップルがいて、ちっとも落ち着かなかった。

こんな店に連れて来て、いつものサユリさんの悪口だったら蹴りを入れるぞと思っていたら、話は岡崎のことだった。桃色のカクテルを啜《すす》りながら、日比野は物憂い溜《た》め息をつく。そのわざとらしいポーズに、私はそれこそエルボーでもお見舞いしてやろうかと思ったが、岡崎の話には多少興味があったので我慢して聞いてやることにした。

「私、岡崎さんのこと、本当に好きになっちゃったみたいなんです」

日比野はすっかりテレビドラマの主人公になったような目つきで呟《つぶや》いた。私は回りくどい話をするのが面倒で、単刀直入に切り出す。

「なんだ。昨日の朝帰りは、岡崎さんといっしょだったのか」

私の台詞《せりふ》に、日比野は目を見張ってこちらを見る。図星をつかれて当惑しているように見えた。

「違いますよ。やだ、深文さんたら。何を言うかと思ったら」

取り繕《つくろ》うように笑って、彼女は首を振った。

「いいよ、嘘《うそ》つかないで。私は誰にも言わないから」

「本当に違うんです。一昨日は友達と飲んでて、終電なくなっちゃったから、その子の家に泊めてもらったんですよ」

「ふうん」

「信じて下さいよ。そりゃ、そうなったらどんなにいいかと思うけど」

唇を尖《とが》らす彼女の横顔を見て、私は日比野の言葉が本当か嘘か計り兼ねた。

「三回ぐらい飲みに連れて行ってもらったことはあるんだけど、岡崎さん、やっぱり私のこと子供扱いしてるみたいで……」

「へええ」

「結婚している人だって分かってるのに、私、彼の顔を見る度に、どんどん好きだって気持ちが大きくなっていくんです。自分でも止められなく、つらいんです」

「あ、そう」

私はつまみに取ったピザを、日比野の分まで手を出して食べた。

「ね、深文さん。どう思います？　やっぱり諦《あきら》めた方がいいかしら。それとも、自分の気持ちに正直になって、ぶつかった方がいいのかしら」

言葉は質問の形になっていたけれど、日比野は私の答えなど期待していなかった。ただ彼女は喋《しゃべ》りたいのだ。無意識のうちに、一番口の堅そうな人間を選んで、ハケ口のない思いを生ゴミを捨てるように、放り込んでいるだけだ。

私はカウンターに両肘《ひじ》をついて、組んだ指先に顎《あご》を乗せた。酔いと睡魔で朦朧《もうろう》とした頭に、昼間見た岡崎の派手なネクタイが浮かんだ。

私は急に岡崎の奥さんという人が見たいと思った。今まで彼の家庭になどまったく興味がなかったが、日比野の愚痴を聞いているうちに、そんなことを思いついた。岡崎と結婚するぐらいだから、相当勇気のある人だろう。それとも、あの岡崎を信じきってしまえるぐらい、おめでたい頭の人なのだろうか。

小さく笑い出した私を、日比野は眉《まゆ》をひそめて覗《のぞ》き込んだ。

「深文さん？　なにか可笑《おか》しいですか？」

「ううん。なんでもない」

「笑うなんてひどい。私、真剣な話をしてるのに」

「ああ、ごめん。悪かった」

私は肩をすくめて、グラスの中のお酒を口に含んだ。

「別に諦めることないよ。好きなら、寝てもらいなよ」

「え？……でも」

「寝たって独占できないよ。それが分かってるんなら、なにしたっていいんじゃない」

私の台詞に、日比野は戸惑ったようだった。なにか言いた気《げ》に口を動かしたけれど、結局なにも言わずに、両手で口元を覆う。

くらくら揺れる視界の隅で、日比野の頰《ほお》に涙が伝うのを見つけた。何故泣くのか、問う気にもなれなくて、私は強いお酒を喉に流し込む。

天堂に会いたいと思った。

もうこんな所で、嫌いな人間の泣き顔を見ているのはいやだった。

金曜の夜には大抵電話をくれる天堂が、その週末には連絡をして来なかった。こちらから天堂の部屋に電話をしてみたけれど、何時にかけても呼び出し音が続くだけだった。

その土日は、かつて経験したことのない最低最悪の週末だった。部屋で絵を描いていれば、電話ばかり気にしてしまって苛々《いらいら》するし、外へ食事に行けば行ったで、この隙に電話がかかってきているのではと落ち着かなかった。

私はひとりきりの週末を、いつものように上機嫌で過ごすことができなかったのが、とても悔しかった。その原因が、たかが男の人からの電話がなかったせいだという事が、余計私を苛立たせた。

不機嫌なまま月曜日を迎えると、私よりももっと日比野が不機嫌だった。

いつもなら、朝から何だかんだと付きまとってくる日比野が、その日は私の顔を見ようともしなかった。仕事のことで話しかけても、「はい」と「いいえ」しか言わない。うるさいぐらいキャッキャと笑っていたその口が、固くギュッと結ばれている。

私は、ははーんと思って、昼休みに担当編集者に電話をかけてみた。思ったとおり、日比野のスケッチブックは断りの手紙を入れてすぐ送り返したと彼は言った。それが、週末に着いたのだろう。

あの絵で自信を持つ奴もどうかと思うが、日比野は結構自信があったようだ。それをあっさり断られて、腹をたてているに違いない。総務の女の子に自慢していたから、バツの悪さもあるだろう。

子供のようにつんと横を向いた日比野を、私は相手にしなかった。何か言ってあげるのが親切なのは分かっていたけれど、こっちも不機嫌なのだから、そこまでフォローする気力なんかない。

どうせ、あの日比野のことだ。そのうち機嫌を直して、また付きまとってくるのだろうなと私は軽く考えていた。

日比野が私を遠ざけてから、三日後のことだった。

私はいつもの時間に会社に着くと、管理人さんが、先に男の方が鍵《かぎ》を持って上がりましたよと教えてくれた。

私より先に、それも男の人が来ているなんて珍しい。首を傾げながらエレベーターで四階に上がり、事務所の扉を開けると、人事の課長が自分の席について新聞を広げている姿が見えた。

「おはようございます……」

私が声をかけると、課長はゆっくり顔を上げる。

「今日は、ずいぶん早いんですね」

「ああ」

無表情に課長は頷《うなず》くと、新聞を畳んで立ち上がった。

「鈴木君は、いつも一番に事務所に着くそうだね」

「ええ、まあ……」

課長はひょろっと背が高い痩《や》せた男だ。銀縁の眼鏡をかけ、神経質なものの言い方をする。このままホルマリン漬《づけ》の標本にして「銀行員」という札を立ててやりたいと私は常々思っていた。

「一番に来るのは、どうしてかね」

たっぷり厭味《いやみ》を含んだ言い方で、標本はそう言った。私は課長の顔を、穴があくほど見つめた。

「ちょっと、来なさい。会議室で話そう」

言われなくても、何の話か想像がついた。私は震える足に渾身《こんしん》の力をこめて、課長の後から会議室に入った。

「君は備品の文房具を、だいぶ家へ持って帰っているそうだね」

椅子《いす》に腰を下ろしたとたん、課長は早速話を切り出した。私は膝《ひざ》の上に組んだ自分の両手をじっと見つめる。

「ある人が、教えてくれたんだ。その話は本当かね？」

「……あの、誰が」

「誰だっていいだろう。そんな話をしてるんじゃないんだ」

強く言われて、私は口をつぐんだ。

「君にしてみれば、軽い気持ちだったのだろうが、備品の横領は立派な犯罪だよ。就業規則を読んだことがあるか？　免職にもできる罪だ。分かってるのかね、君は」

課長は組んだ足をひらひらと振ると、露骨に大きな溜め息をつく。

「聞いたよ。雑誌にイラストを描いてるんだって？」

「………」

「副業は基本的には認められてないんだよ。知ってるだろう？　その上、アルバイトする材料を、うちから盗んでいくなんて、呆《あき》れてものも言えないよ」

しおらしさを装った日比野が、課長に相談を持ちかける姿を想像して、私は爪が食い込むほど拳を握りしめた。

「まあ、いい。普段の君は真面目に仕事をしているし、今回は特に処罰はしないよ。

部長にも話していないし、君のお父さんにも伝えない」

　父のことを言われて、顔にカッと血が上った。自分が悪いのは分かっているが、切り札をちらつかせる課長のやり方に、胸がムカムカした。

「使ってしまった分は仕方ないが、返せる物は返しておくように。分かったな」

　ポンと肩を叩《たた》かれて、私は今にも爆発しそうな自分を、目をつぶって必死に堪えた。うつむいた私を見て、課長は私が泣いたと思ったらしく、小さく咳《せき》をして会議室を出て行った。

　私は膝の上で握った自分の手を、深呼吸をしてゆっくり開いた。指先が微《かす》かに震えている。私はその指をじっと見つめて、唇を噛《か》んだ。

　私は、日比野のことを舐《な》めていたのかもしれない。

　サユリさんばかり警戒して、日比野のことをなおざりにしすぎていた。彼女のプライドの高さを、もっと早いうちに気が付くべきだったのだ。

　課長は誰にも言わないと言ったが、日比野は課長に告げ口をしたぐらいでは、気が済まないだろう。

　私は、これからのことを思うと、目の前が真っ暗になった。

6

私が副業でイラストを描き、その道具を会社の備品ロッカーからこっそり盗んでいたという噂《うわさ》は、翌週には事務所中に知れ渡った。

日比野が言いふらしたのか、人事の課長が誰かに洩《も》らしたのが広まったのか、どちらだかは知らないが、分かったところで状況が変わるわけではないだろう。

私は、いっぺんで話題の人物になった。他のフロアーの人も、私とすれちがうとひそひそと噂話をしたし、無神経な奴は私が描いている雑誌の名前を堂々と聞きに来た。もちろん私は教えなかったが、日比野がこっそり情報を流したのだろう。二、三日中には、私がイラストを描いている男性誌が、いろんな人の机の上に現れるようになった。

私は死ぬほど恥ずかしかった。私が描いたものは、欲情をそそるために描かれた裸の女だ。自分の描いた絵そのものは恥ずかしいとは思わなかったが、それによって、他人が私を見る目が微妙に変わったことが恥ずかしかったのだ。皆は、私が泥棒をしたことよりも、スケベな絵を描いてお金を稼いでいる事の方に興味を持った。あんな純情そうな顔をして、あんなおとなしそうに見えるのに、という囁《ささや》き声が耳を塞《ふさ》いでも聞こえて来る。顔も態度も、純情さを装った覚えなどないのにそう言われるのはつらかった。

そして、一番つらいのは、サユリさんの態度が硬化したことだった。

事務所に噂が流れ始めると、日比野と同じようにサユリさんも私と口をきかなくなった。サユリさんに無視されることは、中年の上司達に好奇の目で見られるよりも、何十倍もつらかった。私は彼女の無言の圧力に、いっそ泣き叫んで許しを乞《こ》うてみようかと思うほど打ちのめされていた。

「深文《みふみ》さん。ちょっといいですか?」

そんな中、人事に岡崎がひょっこり顔を出した。男の人達はちょうど全員会議室に詰めていて、そこでは私とサユリさんと日比野の三人が、お互いそっぽを向いて黙々と仕事をこなしていた。

岡崎が私のことを〝深文さん〟と呼ぶ時は、仕事の話だ。けれど日比野の肩がピクリと動いた事に気を遣って、私はわざとぶっきらぼうに返事をする。

「なんでしょう」

「ちょっと、お願いがあるんですけど」

「はあ」

サユリさんはこちらに背を向けて、端末を叩《たた》いていた。耳を澄ませているのかもしれないし、まったく気が付いていないのかもしれない。

「来月の社内報と、店頭に出すポップのことなんですけどね」

岡崎はまったく邪気のない顔をして、まっすぐ私の顔を見ている。そういえば、噂が広まってから、一度も岡崎と話をしていない事に気が付いた。この人に泣きついたら、くよくよするなと慰めてくれるだろうか。そんなことをぼんやり思っているうちに、岡崎はとんでもない事を言い出した。

「深文さんは、半分プロでイラストを描いてるそうじゃない。是非、社内報のイラストも描いてくれないかな。絵の描ける人がいなくて困ってたんだ。それからポップなんだけど、これもポップライターを雇うより、深文さんがやってくれれば人件費の節約に」

「岡崎さんっ」

彼が全部言い終わる前に、よく通る声が頭上から落ちてきた。

とっさに振り返ると、サユリさんが真っ白な顔で立っている。その表情は、思わず平伏してしまいそうなほど威厳に満ちていた。

「やあ、どうも」

触ったら感電しそうなぐらいピリピリしているサユリさんに、彼は平気で微笑《ほほえ》みかける。

「あなたは、なにを言ってるんです」

「あ、聞いてませんでしたか。ですからね、深文さんに、社内報のイラストと店頭のポップを」

「冗談じゃありません」

岡崎の言葉を遮るように、サユリさんはピシャリと言った。両親の夫婦喧嘩《げんか》に怯《おび》える子供のように、私は椅子ごとじりじりとあとずさりをする。

「あなたはどこまで知ってて、この子にそんなことを頼むんです？」

「どこまでって、雑誌のイラストをやってるんでしょ」

「その絵を、ご覧になりました？」

「ああ、なかなか官能的でいい絵だったねえ」

そのとたん、バンと大きな音がした。サユリさんが机を掌で打ったのだ。

「話にならないわっ。あんな絵を社内報に載せられるわけないでしょう。それに、この子は会社の物を盗んだのよ。分かってるの？」

最初冷静だったサユリさんも、今や般若《はんにゃ》のように目を吊《つ》り上げている。岡崎はそれを楽しんでいるかのように、あくまで温和に笑っていた。

「しかし、ポップの件は店頭の人が言い出したことだしなあ」

「断って来て下さいっ。みんな、いったい何を考えているのっ」

「分かりましたよ。深文さん、かえって済まなかったね」

そう言って背中を向けた岡崎を、私は心底恨《うら》んだ。無神経なのかわざとなのか知らないが、これではサユリさんの怒りに拍車をかけただけではないか。

「あなたね」

岡崎が行ってしまうと、サユリさんの視線が怯えた私に回ってくる。

「いい気になっているんじゃないの?」

低く柔らかい言い方だったが、だからこそ本当に恐かった。中学生の時、私を苛《いじ》め抜いたクラスの女ボスの顔が、サユリさんの顔にオーバーラップする。

「一度はっきり言っておかないといけないようね」

「……私」

「私? 何? 何か言いたいことがあるの?」

黙っていた方が得策だろうと判断して、私はうつむいた。

「あなたがそんな事をする人だとは思わなかったわ。信頼していたのに、裏切られた気分よ。噂《うわさ》が広がってきて、あなたが私に謝ってくれるのを待っていたのに、いつまでたってもあなたは知らんぷりだし」

何故、サユリさんに謝らなければならないのか分からなかったが、私は仕方なく頭を下げた。

「……すみませんでした」

「もう、いいわよ。これ以上、騒ぎを起こさないでね」

吐き捨てるように言うと、サユリさんはくるりと背を向けた。おずおずと顔を上げた時、彼女がこちらを振り返る。

「お父様の耳に入る前に、謝りに行かれたらどうかしら？」

丁寧な言い方が、胸に刺さる。

こちらをじっと見ていた日比野が、そっと視線をそらした。


こんなはずじゃなかった。

なつ美が言っていた台詞《せりふ》を、私はひとりきりの部屋で、何度も胸に繰り返した。悔しくて、情けなくて、私は唇を噛んで膝を抱える。

こんな事になるなんて、思ってもみなかった。うまく世の中を渡っていたつもりなのに、これではまた猿の惑星に逆戻りではないか。

会社になど、もう行きたくなかった。気の遠くなるような長い時間をかけて、今度のことを風化させても、サユリさんの信頼を取り戻せるとは思えない。あの人とうまくやっていたからこそ、私は気楽に勤めていられたのだ。

けれど、いやな事があったから会社を辞めるのでは、月子と同じではないか。私は月子のように逃げたりはしないと、勇んでいたはずではなかったか。

夕飯も食べる気になれず、私は部屋の隅にからだを丸めて横たわった。苦い後悔ばかりが次から次へと湧《わ》いてくる。あの時、日比野に見つからなければ。あの時、日比野に優しい言葉をかけていれば。

逃げてはいけないと思いつつも、その裏側で本気で会社を辞めることを私は考え始めていた。

だいたい、備品横領と副業の話が父親の耳に入ったらどうなるだろう。サユリさんが言ったとおり、噂が父の耳に届く前に、私の口から告白して謝った方がいいだろうか。人一倍責任感の強い父は、私をどうするだろう。有無を言わさず辞表を書かせるだろうか。それとも、逃げずに会社へ行きなさいと命令するだろうか。

クッションに埋めていた顔を起こし、私は電話機を見つめた。そしてまた、目をつぶってクッションを抱き締める。

とても実家に電話をする勇気はなかった。けれど、強烈に人恋しさが突き上げる。弱気になった自分を認めるのは癪《しゃく》だったが、それよりも誰かに優しい言葉をかけてもらいたい欲求の方が強かった。

誰かに相談してみようか。でも誰に？　天堂の声が聞きたかった。けれど、今彼と話をしたら、何度も電話をしたのに留守だったと責めてしまいそうな気がした。そんなみっともない自分を、天堂に知られるのはいやだった。

なつ美に電話をしてみようか。そういえば、赤ん坊を見に行って気まずく別れてから、連絡を取っていない。私はのっそり起き出して、アドレス帳を開き、なつ美の家の番号を押した。

「はい。もしもし」

最初の呼び出し音が鳴り終わる前に、男の人が電話に出た。私は間違い電話をしてしまったかと絶句した。

「もしもし？　なつ美か？」

電話の相手はそう言った。それで、彼女の夫が出たのだと私は納得した。結婚式の時見た、白いタキシードの温和なヤギおじさんの姿が目に浮かぶ。

「あの、鈴木と申しますけれど、なつ美さんはお留守ですか？」

私が尋ねると、今度は彼の方が絶句する。電話の向こうでは、赤ん坊が激しく泣く声が聞こえた。

「ええ……ちょっと、……なつ美の友達ですか？」

「はい。鈴木深文といいます」

「ああ、深文ちゃんね。結婚式の時、お会いしましたね」

そこでやっと、なつ美の夫は声を和らげた。赤ん坊がいるということは、なつ美は近所に買い物にでも行っているのだろうか。そう思った矢先、私は意外なことを言われた。

「実は、なつ美の奴、今実家に行ってるんだ」

「え?」

「お恥ずかしい話なんだけど、喧嘩《けんか》しちゃってね」

「で、でも、花江ちゃんは……」

「あいつ、置いて行きやがったんだ。母親のくせにいったいどういうつもりなんだか」

ヤギおじさんともあろう方が、意外にも不機嫌を露《あらわ》にそう言った。私は訳が分からなくて、重ねて聞く。

「どうして、子供を置いて」

「知ってたら教えてほしいぐらいだよ。もう三日になるんだ。昼間は僕のお袋に見てもらってるんだけど、お袋だってカンカンだよ。一歳にもならない子供を置いて、実家に帰っちまうなんて、前代未聞の嫁だってさ」

私は彼の台詞に、何と返答しようか考え込んでしまった。事情は知らないが、彼の厭味な言い方を聞くと、なつ美だけが悪いのでもなさそうだ。

「……分かりました。なつ美の家の方に電話してみます」

「そう。じゃあ悪いけど、深文ちゃんからも帰って来るように説得してくれないかな。本当にまいってるんだ、花江は泣きっぱなしだし」

私は適当に返事をして、電話機のフックを指で押した。受話器を下ろさず、そのまなつ美の実家の番号を押す。

呼び出し音を聞きながら、私はなつ美に何を言おうか考えを巡らせた。とにかく、最初に謝らないとならない。この前、なつ美の話を聞いてあげなかったことを、今さらながら強烈に後悔した。よくある嫁と姑《しゅうとめ》のいさかいだと大して気にしていなかったが、もしかしたらなつ美は本当に苦しんでいたのかもしれない。よくあることだろうが何だろうが、話を聞いてあげるべきだったのだ。

電話にはなつ美の母親が出た。自分の名前を告げると、彼女は慌ててなつ美を呼びに行く。電話の向こうで、母親がなつ美を叱《しか》りつける声が聞こえた。じっと待っていると、やっと彼女が電話口に出た。

「なつ美？　私」

「ああ」

彼女は淡白にそう返事をした。

「今、なつ美の所に電話してみたんだよ。そしたら、旦那《だんな》さんが出てさ」

「言わなくても分かるわよ。こっちに電話してきたんだから」

くすっと笑って、彼女は私の話を遮った。

「ねえ、どうしたの。花江ちゃん、泣いてたよ」

「そう」

「そうってねえっ。そんなに致命的な喧嘩したの？」

「深文は聞きたくないんでしょ。私の所帯じみた話なんか、聞きたくないんでしょ」

ピシャリと言われてしまって、私は一瞬からだ中が凍りついた。

「……あの時は、ごめん。今日は謝ろうと思って電話を」

震える指で受話器を握って、私はやっとの思いでそう言った。

「いいのよ、深文。私こそ、厭味な言い方してごめんね」

なつ美は大きく溜《た》め息をついた。

「あのね、子供を置いてきたのは、あの人達があの子を欲しがったからなのよ」

「あの人達って……」

「旦那とお義母《かあ》さんよ」

ケロリとした声で、なつ美はそう言う。

「どういうこと？」

「あの人達はね、私じゃなくて孫が欲しかったの。私なんか孫を生む製造機でしかなかったのよ」

「そ、そんなこと」

「そんなことあるのよ」

きっぱり言われて、私は仕方なく口をつぐんだ。

「毎日のようにお義母さんが来るのはどうして？　私に会いに来るわけないじゃない。旦那もいっそのことお義母さんといっしょに住もうって言い出すし。私の意見なんか聞きもしないのよ。いらないいなら、出て行ってあげることにしたの。親切でしょ」

なつ美の声は、だんだん涙声になる。

「深文はいいわ。絵の才能もあるし、いい会社に勤めてるし」

反論が喉《のど》にせり上がってきたが、私はそれを言葉にすることができなかった。

「会社勤めがいやで家庭に入ったのに、その家庭でも私、うまくやってけなかった。月子と同じに我慢が足りないって思う？」

「なつ美……」

「深文のことは好きだけど、今は話したくない。電話してくれたのに、ごめんね」

疲れ切った声でなつ美は言うと、プツリと電話が切れた。ツーツーという発信音をしばらく聞いて、私はそっと受話器を置いた。

しんと静まった部屋で、私は膝《ひざ》を抱えて爪を噛《か》んだ。赤ん坊の泣き叫ぶ声が、耳に残る。この世の終わりのように泣き叫ぶ子供の声は、なつ美の疲れた声と重なった。私も、ああやって泣き叫ぼうか。いやだ、こんなことはもういやだ、と駄々をこねてわめいてみようか。

その時、部屋の中の空気が突然震え始めた。はっと顔を上げた私は、それが電話の音だと判断するのに少し時間がかかった。電話機はただそこにあるだけで、まるで振動していなかった。けれど、電話は動いているのだ。音というのは不思議だな、とまるで見当違いのことを考えながら、私は受話器を取った。

「深文？　今、話し中だったろ」

天堂だった。口の中がカラカラに渇いて、一言も言葉が出てこない。

「あれ？　間違えたかな。鈴木さんのお宅ですか？」

「わ、私」

「なんだ。早く返事しろよ。間違えたかと思った」

明るい笑い声に、私はくらっと眩暈《めまい》のようなものを覚えた。

「さっきかけたら話し中でさ。キャッチホンつけてくれよな」

冗談めかして、彼が笑う。

「テンこそ、留守番電話に買い換えてよ……」

明るく言い返したつもりが、すっかり震えた声になった。

「深文？」

「テン。お願い」

「おい、泣いてんのか？」

「会いたい。会いに来て」

ぽろぽろと涙が頬《ほお》を伝った。

一度堰《せき》を切った感情は、最後の一滴まで途切れることなく溢《あふ》れ出た。受話器を握りしめたまま、私は何も言わずに泣き続けた。


次の週末、天堂は文字通り飛んで帰って来た。いつもは、自分の車を運転してやって来るのに、金曜の最終の飛行機に乗って、天堂は夜の十時に私の部屋のチャイムを押した。ところが、あんなに泣いていた私がけろっとしているものだから、彼は拍子抜けしたようにヘナヘナと床に座り込んだ。

「なんだ。ずいぶん元気そうじゃないかよ」

にこにこ笑った私の鼻を、彼はキュッと摘んでそう言った。

「うん、ごめん。泣いたらすっきりしちゃったんだ」

「本当か？　お前があんなにビービー泣いたのなんて初めてだから、俺、本気で焦ったんだぞ」

やれやれと呟《つぶや》いて天堂は煙草に火をつけた。私は彼のおなかに腕を回して顔をこすりつける。

「会社でちょっと、やなことあってさ」

「前に言ってた先輩と後輩のことか？」

「ううん……その事はもういいんだ。ただ、ちょっと話したくて電話したら、テンずっと留守だったから」

「ああ」

彼はつけたばかりの煙草を灰皿に置いて、私の髪をくしゃくしゃ撫《な》でる。

「札幌《さっぽろ》の支店に出張だったんだ。言わなくてごめんな」

「ううん。気にしてない。タイミングが悪かっただけだから」

「電話しようとは思ってたんだよ。そうしたら、札幌で意外な奴に会っちゃってさ。弦巻《つるまき》って覚えてる？　高校の時、奴といっしょによく涼子さんとこ遊びに行ってたんだけど。あいつ、転勤で二年も札幌にいるんだって」

「ああ、知ってる。姉貴が言ってた」

「あんまり偶然で嬉しくてさあ。久し振りに朝まで飲んじゃったよ」

古い友達と飲んだ時のことを、天堂は楽しそうに話した。私は彼の懐にすっぽり入り込み、その弾んだ声を聞きながら、幸せな気分でまどろんだ。

天堂に言ったように、大泣きしたら多少すっきりしたのは本当だった。会社での状況は何も変わっていないけれど、わあわあ声にして嫌な気分を吐き出してしまったら、不思議なことにそれがどうしたと開き直れる力が蘇《よみがえ》ってきた。

天堂がいてくれたからだと、私は素直に思うことができた。あの時、彼が電話をしてくれなかったら、私は泣くことによって気持ちの転換を図ることはできなかっただろう。

私は天堂が好きだった。その晩は、そんな歯の浮くような台詞《せりふ》をとても素直に口にすることができたし、彼もそんな私を笑って受け止めてくれた。私には彼が神様に見えた。大袈裟《おおげさ》なのは自分でも分かっているけれど、私を救ってくれたのは、事実彼だけだったのだ。

翌日、私達はレンタカーを借りて、ドライブに出ることにした。私達はまるで付き合い始めたばかりのカップルのように、有頂天だった。

テレビのコマーシャルで見た、動物園と遊園地がいっしょになったレジャーランドに、私達は車を走らせた。四月の空は抜けるように青く、カーラジオをつけて、窓を開けたまま高速を走った。

郊外の遊園地は、家族連れで溢《あふ》れていた。彼らは、なつ美の街に住む親子連れと同じ種類のものなのに、その日は私の神経に障ったりはしなかった。私と天堂は、親子連れに混ざってライオンのバスに乗り、アメリカンドッグを食べ、ジェットコースターに乗った。何をしても楽しくて、見上げる空には穏やかに白い雲が浮かんでいた。

暖かな休日、子供は母親に甘え、妻は夫の肩に頼っていた。私は彼らに混ざって恋人の腕につかまり、日向《ひなた》ぼっこをするペンギンを眺めた。

日が傾き空の青が薄くなる頃、私は車のボンネットによりかかって、西の空の薄っぺらい月を見上げた。

男の人と、こんなデートらしいデートをしたのは考えてみれば初めてだった。コーラを買って来てもらったり、ペンギンのぬいぐるみをねだったり、ジェットコースターで悲鳴を上げたりしたことは、かつてないことだった。

誰か他人に甘えるということは、なんと気持ちがいいことなのだろう。私は親にさえ、こんなベタベタ寄りかかったことはなかった。初めてお酒で酔っぱらった時のような、不思議な胸の高揚があった。

ほどなく、駐車場の入口から、手洗いに行っていた天堂が戻ってくるのが見えた。

「なんだ、車に入ってればよかったのに」

ボンネットから腰を上げて、私はジーンズの尻《しり》を手で払う。

「うん……外の方が気持ちよかったから」

「けっこう汗かいたもんな」

「こんなに遊んだの、久し振り」

天堂が車の扉を開けてくれたので、私は助手席に入った。シートに寄りかかると、久々に酷使した足から、ぐったり力が抜けていく。

「どうする？　この辺で御飯でも食べる？」

運転席に乗り込んで、シートベルトを探っている天堂に話しかけた。私はただ連れて来られただけだから、正確な位置は分からないが、ここはたぶん埼玉の外れの方になるのだろう。彼も私と同様に疲れているはずだから、私の部屋まですぐ運転させるのでは悪いと思ったのだ。

「明日は日曜だし、どっかに泊まってもいいよ」

以前にもドライブ先で、適当なホテルに泊まったことがあったので、私はそう提案した。

「そうだなあ」

天堂はキイを回して、車のエンジンをかけた。

「よかったら、うちに来ないか？」

「え?」

思わず聞き返すと、彼はフロントガラスに顔を向けたまま、頭をぽりぽり掻いた。

「実家だよ。ここから、わりと近いんだ」

「実家って……テンの?」

「ああ。いやかな?」

いやかと聞かれて、私は絶句した。行きたいとか行きたくないとか、そういう問題ではなくて、急に実家に来いと言い出した彼の意図が、私にはうまく想像することができなかったのだ。

「いや、深い意味があって誘ったんじゃないんだ。ただ、実家のそばに来たから、ちょっと寄ってみようかと思っただけなんだから」

「…………」

「気が進まなかったら、いいんだ。そうだよな、急にそんな事言われても、そりゃ困るよなあ」

口ではそんな事を言っても、明らかに彼はがっかりしている様子だった。彼は彼なりに、いいアイディアだと思っていたのかもしれない。

「ご両親、いらっしゃるんでしょ」

「あ。いいって、いいって。さあ、どこ行って飯食うかなあ」

「こんな恰好《かっこう》でも、いいかな。テンの育った家、私見てみたい気もするし……」

そう呟《つぶや》くと、彼は細い両目を丸くして、私の顔を覗《のぞ》き込んだ。

「……来る？」

「いいよ。だって、軽い気持ちでいいんでしょ」

それを聞いて、彼の顔が世にも幸せそうにほころんだ。私は、天堂のことを喜ばせてあげたかったのだ。だから、私は彼の言うとおり、本当に軽い気持ちで天堂の家へ行ってみることにしたのだ。


天堂の家は、郊外の住宅地にある、こぢんまりした二階建住宅だった。

玄関の前の車庫には、よく手入れされた国産車が停まっていて、家の前の路地は、ついさっき車を洗ったかのようにアスファルトが濡《ぬ》れていた。

「まあま、いらっしゃい。お待ちしてましたよ」

そう言って現れた天堂の母親は、ころころとよく太った銀髪の女性だった。彼女の後ろに立った父親が、これまた鉛筆みたいに瘦《や》せていたので、母親の太り具合が余計強調されている。前に天堂が、母は糖尿病で、父は肝硬変だと言っていたのが、あながち冗談ではないように思えた。

「こちらが、鈴木深文さん」

天堂が私の背中に手を当てて、両親にそう紹介した。私はペコンと頭を下げ、愛想笑いを浮かべる。

よく来たよく来た、どうぞどうぞと手を引かれて、私は塵《ちり》ひとつないピカピカの玄関で、汚れたスニーカーを脱いだ。そして、通された和室に足を踏み入れたとたん、テーブルの上の料理に仰天してしまった。

四人分のふかふかの座蒲団《ざぶとん》に囲まれたテーブルには、御馳走《ごちそう》が載っていた。お刺身やら煮物やら大盛りのサラダ、伏せられたビールのコップに、きわめつけは寿《ことぶき》模様が入った割《わ》り箸《ばし》だった。

「テ、テン……」

私はこっそり天堂を肘《ひじ》でつつく。彼もその御馳走を見て、まいったという顔をしていた。

「お袋お。料理なんか作らなくてもいいって言っただろう」

「なにを言ってるの、義明がお嫁さんになる人を連れて来るっていうから、張り切ったんじゃないの。さあさ、深文さん。座ってちょうだい。今日はゆっくりしていってね」

天堂の母親に背中を促され、私は正面にテレビがある、たぶん特等席であろう位置に座らされた。座ったとたん、正面ににこにこ笑った父親も腰を下ろす。

「母さん。先にビール持って来いや。ほれ、義明もつっ立ってないで座りなさい」

笑みを顔に張りつけたまま、私は内心やられたと思った。

天堂は最初から〝将来お嫁さんになる人〟として私を実家に連れて来るつもりだったのだ。そうでなければ、たかだか三十分の間にこんな手の込んだ料理が作れるはずがない。

「今日は、東武園に行っていたんだって？」

愛想よく話しかけてくる父親に、私はにっこり笑って頷《うなず》いた。

「はい。こんな汚い恰好《かっこう》のまま現れて、すみません」

「いやいや、若い人はそういう方が元気でいい」

私の隣にあぐらをかいた天堂は、父親と私の顔を交互に見て、ほっと息を吐《は》いていた。どうやら、私が怒っていないと思ったらしい。

私は天堂の嘘《うそ》に、とても腹をたてていた。このままなしくずしに結婚に持ち込もうとしているのか、それとも天堂の両親が勝手に将来の嫁だと思い込んでいるのかは知らないが、こんなやり方は気に入らなかった。

かと言って、善意まるだしの両親の前で不機嫌になるわけにもいかず、私はやけくそで愛想を振りまいた。出された料理をおいしいおいしいと言って平らげ、勧められるままお酒を飲んだ。機嫌よく酔っぱらった彼の父親に相槌《あいづち》を打ち、日取りや式場の話は、これからゆっくり考えますとごまかした。義明はひとりっ子だから、お嫁さんといっしょに帰って来てくれると賑《にぎ》やかになって嬉《うれ》しいと、母親が独り言のように呟《つぶや》いた。私は聞こえなかったふりをして、ご機嫌な父親にお酌をした。

両親と私の三人が盛り上がっている間、天堂はほとんど口をきかずに、ただ首を縦や横に振っているだけだった。いつでも誰に対しても愛想がいい彼も、両親のストレートな愛情には照れからなのか、不機嫌を装っているようだった。けれど時折、チラチラとこちらに視線を向けていた。その表情が、飼い主の機嫌を窺う犬のように見えて、私はプイと目をそらした。

デザートにと出してもらったアイスクリームを食べていると、彼らは案の定、泊まって行きなさいと私に言った。天堂の母親は、きっと新しいパジャマを買い、客用の布団《ふとん》を日に干していてくれたことだろう。その好意を無にすることは、純粋に申し訳ないと思ったが、翌日どうしても外せない予定があるのだと私は丁寧に頭を下げた。

「それじゃあ、仕方ないわね。ちゃんと家まで送って差し上げるのよ、義明」

残念そうな彼らに、私はまた深く頭を下げて、車に乗り込んだ。天堂が車を出すまで、彼らはにこにこと笑って手を振っていた。私も車の窓から顔を出し、彼らの姿が見えなくなるまで手を振った。

車が路地から大通りに出ると、私は張りつけていた仮面をはぎとるようにして、無表情になった。彼は急にムスッとした私に気が付き、そろそろと謝罪の言葉を口にする。

「深文、ごめんな」

「…………」

「お袋も親父も、よく喋《しゃべ》るからさあ。相手するの大変だっただろ。本当に悪かったな」

何を言われても、私は天堂の顔を見なかった。ただ、窓の外に流れる街灯をじっと見つめる。

「怒ってるのか？」

「怒ってるよ。ねえ、どこか近くの駅で止めてよ」

「なに言ってんだ。部屋まで送ってくよ」

「それで、私のとこに泊まって行くの？」

我ながら冷たい台詞《せりふ》が口から零《こぼ》れた。彼は諦《あきら》めたように溜《た》め息をつくと、交差点でウインカーを出す。五分ほどで住宅地を抜け、小さな商店街の突き当たりに、私鉄の駅が見えてきた。

駅前のロータリーを回り、彼はシャッターの閉まったコーヒーショップの前に車を停めた。すかさずドアを開けて、車を下りようとする私の腕を、天堂が慌てて摑《つか》まえた。

「おい。話ぐらいして帰れ」

強く言われて、私は出しかけた足を車の中に戻す。彼はハンドルに両腕を預けて、苦笑いを浮かべてこちらを見た。

「そんなに怒ってるのか？」

「……少しね」

「少しか……確かに、騙《だま》し討ちだったかもしれないけど、そんなに気に入らなかったのか？　さっきの深文は、俺には楽しそうに見えたけど、あれは演技だったの？」

聞かれて、私は爪を噛《か》んだ。

「私、テンから結婚しようなんて言われたことないよ」

彼は首をコキコキ鳴らして、照れくさそうに耳たぶを掻《か》いた。

「そうか。ちゃんとプロポーズされてないのに、嫁さん扱いされて頭に来たのか」

「それもある。けど、違う」

私は天堂の呑気《のんき》な笑顔を、張り倒してやりたい気分になってきた。天堂のことは好きだ。けれど、それがストレートに結婚に結びつくほど、私は脳天気ではない。

「……テンって一人っ子なんだね」

私は声が上ずらないように、なるべく小さな声を出した。

「ん。そうだよ」

「私、そんなことも知らなかったんだよ」

「あ、もしかして、お袋が同居してほしいみたいな事を言ったからか？」

素朴に聞かれてしまって、私はもう返す言葉もなかった。

何も分かっていない。この人は、私がどんな思いで実家から独立したのか、まるで分かっていないのだ。

たった一日ならば、私も彼の両親も、いい顔をしてにこにこ笑っていられる。けれど、それが生活になってしまったらどうなるのか、彼はまったく考えていないようだ。

確かに、天堂の両親は、とても善良そうな人に見えた。こんな汚い恰好《かっこう》をした私に、何故だか好意を持ってくれたようだった。けれど、どうして私が全然知らないあの人達と、家族にならなくてはならないのだろう。私は自分の肉親とさえ、うまくやっていくことができなかったのだ。

私は首を横に振って、車のドアに手を伸ばした。その手を天堂がさっと遮る。

「どうしても、電車で帰る？」

「今日は、電車で帰るよ」

「分かった」

彼は私の手を離すと、運転席の扉を開けて外へ出た。すたすたと駅の中へ入ると、自動販売機で切符を買って、それを私に握らせた。

「俺達、喧嘩《けんか》したの初めてじゃない？」

渡された切符をいじりながら、私はゆっくり頷《うなず》いた。改札口の前に立った私達を、通り過ぎる人々がちらりと振り返って行った。

「この前、深文が電話で泣いてただろ」

「うん……」

「悪いけど、あの時嬉《うれ》しかったんだ。お前、俺の転勤が決まった時だって、全然寂しそうじゃなかったからさ。会いたいって泣かれて、男冥利《みょうり》につきるなって思った」

ふざけたような彼の言い方に、私はちょっとだけ笑ってみせる。

「けどな。お前って、難しい」

「え？」

「俺には、よく分かんないよ」

思わず見上げた彼の顔は、かつて見たことのない冷たい表情だった。

「ほら、電車が来るぞ」

肩を促されて、私は改札に入る。ホームに滑り込んできた電車に、私は何だか分からないまま乗った。手を振る天堂の姿が、あっという間に小さくなる。私は電車のガラス窓に張りついて、夜の窓に映る透明な自分の顔をじっと見つめた。正体の分からない暗雲が、胸にもくもくと湧《わ》いてくる気がした。

月曜日から、私はまた会社に出勤した。天堂との喧嘩で、すっかり世の中に嫌気がさしていた私は、もうどうにでもなれという気分だった。

開き直ってみてみれば、サユリさんも日比野も付きまとってこない毎日は、それはそれで静かだった。時々送られてくる冷たい視線さえ我慢すれば、それほどつらい事はなかった。その週には、エレベーターに乗り合わせた人が、私の顔を露骨にじろじろ見ることもなくなったし、私がイラストを描いている雑誌も、いつのまにかオフィスから姿を消していた。

やっと、噂《うわさ》の矢面から下ろされたかと胸を撫《な》で下ろしていた金曜日のことだった。

昼休み、社員食堂で食事をしていると、店頭の女性が、ごいっしょしてもいいかしらと話しかけてきた。彼女は私が入社した時に、サユリといっしょじゃ大変よとアドバイスしてくれた女性だ。

「深文ちゃん。いろいろ、大変だったわね」

カレーライスを口に運びながら、彼女は同情的な口調でそう言った。

「はあ……でも、自分が悪いんですから」

「備品を持って帰るなんて、誰でもやってることなんだから……深文ちゃん、運が悪かったのよ」

声を落として、彼女は片方の眉《まゆ》を上げた。私は曖昧《あいまい》に笑ってランチのみそ汁をすする。サユリさんと同い歳で同期入社の彼女は、もう結婚して子供もひとりいるそうだ。同じ歳でもサユリさんに比べて、ずっとおばさんに見える。

「雑誌の挿絵だって、大したものじゃない。私は好きだわ、ああいう絵」

さばけた感じの彼女に、私は素直にお礼を言った。どこにでも、変わった人というのはいるものだと思って、私は可笑《おか》しくなってきた。

「店頭のポップだって、あなたに書いてもらおうと思ったのに、サユリが反対したんだって？」

この人が言い出したことだったのかと、私はコロッケをかじりながら、ひとりで納得した。

「まったく、あの人は自分を何様だと思ってるのかしらね」

社員食堂の真ん中で、彼女は思いつくままサユリさんの悪口を並べ上げた。私は周りの目が気になって、生きた心地がしなかった。

「あ、あの。こんな所じゃまずいですよ……」

「平気よ。私とあの人が仲が悪いのは、昔っからなんだし」

豪快に言う彼女の声を聞いて、そばにいた男性社員が小さく笑うのが見えた。

「深文ちゃんも、あんまりあの人の言いなりになってちゃ駄目よ。それにね、確かにあなたは少し悪いことをしたかもしれないけど、もう反省したんだから、元気を出しなさい」

私はどう返事をしたものかと、首を傾げる。

「だってね」

そこで彼女は、向かい側から顔を寄せてきた。私も何事かと耳を寄せる。

「もっと、悪いことをしてる人が、この金庫にはいるんだから」

「は？」

「噂《うわさ》だけどね。金庫のお金に、手をつけた人がいるんだってよ」

彼女の話によると、偽造の定期預金証書を担保にして、借金の形で金を引き出した人がいるらしいということだった。ただの噂だから、あんまり人に話しちゃ駄目よと、彼女は片目をつぶったが、私にしてみれば、そんなことはどうでもいい話だった。

ところが、昼休みを終えて事務所に入ると、人事の男性社員ふたりが、顔を寄せあって何やらひそひそ話していた。ふたりは私の顔を見ると、さっと目をそらす。その態度に、いやな予感が胸をよぎった。

「深文さん」

自分の机についたとたん、誰かに呼ばれて私は顔を上げた。日比野が口の端っこに笑みを浮かべてこちらを見下ろしていた。

「……なに？」

「また、面倒を起こさないで下さいよね」

刺のある言い方に、私は眉をひそめた。

「何のこと？」

「手先が器用みたいだから、預金証書ぐらいは作れるのかと思って」

目を見張った私から、日比野はプイと視線をそらして自分の席に向かった。

私は愕然《がくぜん》として、彼女の冷たい横顔を見つめる。日比野の肩の向こうに、サユリさんがちらりと視線を向けて、通り過ぎて行くのが見えた。事務所中の空気が、重く私の肩にのしかかってくる気がした。

私が銀行のお金に手をつけたりできるわけがない。そんなことは、誰にだって分かるはずだ。

私は店頭に出たこともないし、経理を齧《かじ》ったこともない。帳簿もつけたことはないし、定期預金の証書なんか触ったこともない。

日比野の言ったことはただの言いがかりだけれど、彼女の一言は、私がまた面倒な騒ぎにからんでいるのではないかと、皆に思わせるだけの効果をもっていた。

私はすっかり力の抜けてしまった足で、ふらふらとマンションに帰りついた。管理人室の前を通り過ぎたところで、私は名前を呼ばれた。管理人さんは、荷物が来てますよと言って、床に置いた大きなダンボール箱を指さす。箱には、パイナップルの絵が描いてあった。月子からの荷物が今頃到着したようだ。

運ぶのを手伝ってくれるのかと思ったら、彼はさっさと奥へ引っ込んでしまった。私はずっしり重いダンボールを、やっとの思いで持ち上げ、自分の部屋までよたよたと運び込んだ。

部屋で箱を開けると、十個もパイナップルが入っていた。ひとつひとつ取り上げて私は床にパイナップルを並べた。すると狭い部屋の中は、甘酸《あまず》っぱい匂《にお》いでいっぱいになった。

私は床にぺったり座ったまま、長いこと並んだパイナップルを眺めていた。頭の芯がじんじん痺《しび》れて、化粧を落としたり服を着替えたりする気にもなれなかった。ましてや絵を描く気など、微塵《みじん》も湧いてこなかった。

私は、南の島を思った。

スーツケースに荷物を詰めて、成田へ向かう自分を思った。

逃げることができれば、どんなに楽だろう。親も会社も恋人も捨て、アッカンベーをひとつ残し、どこかへ行ってしまえたら、どんなにいいだろう。

誰も知らない、どこかへ。

7

会社の金を不正に引き出した者がいるという噂《うわさ》は、日がたつにつれて、ただの噂ではない様相を見せてきた。

しばらく、噂自体を否定していた役員達が、ある日の朝礼で、外部の者に決して噂を洩《も》らさないようにと厳命した。表立ってはいなかったが、監査員らしき人が来ては、ひとりひとりの筆跡やファイルを調べていた。

引き出された金額は、五十万ぐらいだとも三千万以上だとも言う人がいたが、本当のところは誰にも分からなかった。最初、冗談半分で噂話に花を咲かせていた人達も、今では勤務時間中にその話をすることはほとんどない。監査員や役員がしょっちゅう目を光らせているし、ひょっとすると隣の席の人が犯人だという可能性もあるからだ。とにかく皆は、面倒なことに巻き込まれるのだけは避けようと、なるべく寡黙《かもく》に仕事をこなしていた。

人事課の中で、徹底的に調べられたのは私だけだった。軽犯罪ながら前歴のある私は、机の中から更衣室のロッカーの中まで調べられた。当然、事務所中の人が私を冷たい目で見た。岡崎でさえ、監査員に机の中身を引っ繰り返されている私を、遠巻きに眺めていた。

備品横領と卑猥《ひわい》なイラストの噂が下火になってほっとしたのも束の間、私はまた会社中の人間に注目されるようになった。しかし、前のように露骨にじろじろと見られるわけではなく、皆は私からさりげなく離れて行った。誰もが、本当に私が犯人だとは思っていない。私では、証書の偽造など不可能だということは周知の事実だ。ただ、臭うものには近よりたくないだけなのだ。

私は備品を盗んだ時よりも、もっと孤独になった。前の騒ぎの時は、皆が私を指さしたが、今回は全員が私に背中を向けていた。食堂でお昼を食べると、私のまわりが半径1メートルぐらいぐるっと空いてしまった。混んだ食堂の中で、私は伝染病患者になった気分で食事をした。

こうなると皮肉なことに、私に向かって何か言う者は、日比野だけになった。彼女は私の顔を見る度に「早く犯人が捕まればいいのに」と口を歪《ゆが》めた。サユリさんは体調を崩したと休みがちで、それは不幸中の幸いだった。

私は、本気で会社を辞めることを考えた。

そして、考えれば考えるほど、辞めるわけにはいかないのだという結論に突き当たった。

会社を辞めるということは、実家に戻るということだ。いくら考えても、結局そうなってしまう。転職するなどと父親に言ったら、理由を追及されるだろう。事情を知ったら、両親は有無を言わさず私を実家に連れ戻し、しっかり監視下に置くことだろう。それだけは、何があっても避けたかった。

では、父親の面子《メンツ》を潰《つぶ》す覚悟で、黙って会社を辞めたらと私は考えた。いくら黙って辞めても、いずれは父の耳に入る。そうしたら、彼は私を連れ帰るために、このマンションの契約を解除するだろう。父を怒らせたら、私はこの部屋に住んではいられないのだ。

父に私の退職が伝わる前に、どこかに逃げてしまうことも考えた。けれど、情けないことに私にはまったく貯金がなかった。次のお給料まで、ぎりぎり暮らしていけるぐらいのお金しか財布の中に入っていない。次の職を見つけるまでの生活費も、引っ越し資金もない。勤めて四年目になるというのに、一銭も貯金をしていなかったことを、今さらながら後悔した。

イラストの方の仕事を増やし、今からでもお金を貯めようと一瞬思ったが、それはできそうもなかった。

今の私は、まったく絵を描く気がしなくなっていた。芸術家ぶるわけではないが、くだらないごたごたに巻き込まれ、神経がまいっている私には、どういう絵が描きたいのかも分からなくなっていた。あんなに、裸だろうが風景だろうが道に落ちている空き缶だろうが、描写するのが楽しかったはずなのに、今ではもらった仕事をこなすのが苦痛でしかなかった。

担当編集者に電話をして、事情があってしばらく休ませてもらいたいと告げたら、それじゃしょうがないねとあっさり承諾されてしまった。私程度の絵描きは、いくらでも換えがいるらしい。

父に迷惑をかけずに会社を辞め、実家に戻らないで済む解決方法がひとつある。結婚することだ。

幸い求婚してくれる男の人が私にはいるのだ。こんな時に理由もなく会社を辞めたら、それこそ本当に鈴木深文《みふみ》が犯人なのではないかと邪推されるだろう。けれど、結婚退職ならば、誰も文句は言わないはずだ。文句どころか、就業規則に書いてあるとおりのお祝い金までもらえるのだ。

こうなったら、天堂と結婚しようか。

私は、そう自分を煽《あお》った。

一番いい方法を選ぶのだ。結局私は不適応者なのだ。社会の中で、うまく他人の間を渡っていけないのだ。それならば、誰かの妻になって、社会からドロップアウトしてしまおう。家にこもって、夫の夕飯と子供を生むことだけを考えよう。南の島だって家庭だって、逃げる場所など、どこでもいいではないか。

私は小さな自分の部屋で、膝《ひざ》を抱えて涙を零《こぼ》した。

何故、そこまでいいアイディアを私は実行する気になれないのだろう。

天堂のことが好きなのは確かだった。そばにいてほしいことも確かだった。けれど、何故彼の求婚に頷《うなず》く気になれないのだろう。

こんな私でも、まだ社会に未練があるのか。まだ逃げずに立ち向かっていこうという、ぎりぎりの意地が残っているのか。

八方塞《ふさ》がりだった。

逃げたい私と、逃げない私が、一枚の壁を両方からぐいぐいと押しているようだった。


私は夜中になるのを待って、ハワイの月子に電話をかけた。岡崎が押していたとおりの番号を押すと、しばらくの沈黙の後、呼び出し音が鳴った。

荷物到着の報告は、表向きの用事だ。半分本気で逃亡を考えている私は、月子が歓迎してくれるなら、片道分の航空券を有り金はたいて買うことも考えてみようかと思っていた。

呼び出し音が十を数えても、誰も電話に出なかった。あちらはたぶん、朝の六時ぐらいだろう。まだ寝ているのか、それとももう仕事に出かけてしまったのだろうか。あと十数えたら切ろうかと思っていた時、小さな音を立てて電話がつながった。

「えっと、月子?」

「……もしかして、深文?」

「うん。そう。つながってよかった。そっちは明け方でしょ。こんな時間にごめんね」

「……平気よ。もう起きてたから」

月子の声が少し掠《かす》れている気がして、私は慌てて聞いてみる。

「本当に?　私、起こしちゃったんじゃない?」

「ああ……いいのよ。電話してくれて嬉《うれ》しいわ」

前に電話をした時と、打って変わって元気のない声だった。

「パイナップル着いたよ。十個も入ってたから驚いた」

「今頃着いた?　やっぱり船便だとそんなにかかっちゃうのね」

震える語尾と洟をすすり上げる音に、私はピンと来た。掠れた声は起きぬけのせいではないようだ。泣いていたのと聞いてあげるのが親切なのか、聞かない方がいいのか私はとっさに判断できなかった。けれど、私が何か言う前に、月子の方が堪えきれなくなったように、すすり泣きを始めた。

「月子?」

「……ごめん、深文」

「どうしたの? なんかあったの?」

彼女は私の問いに、ただしゃくりあげるだけだった。果てしなく広がる太平洋を越えて、友人の泣き声が私の部屋に伝わった。どうすることもできなくて、私はただ受話器に質問を続けた。

「月子。泣いてちゃ分かんないよ。どうしたの」

嗚咽《おえつ》を飲み込むようにしながら、彼女はたどたどしく話し始めた。

「……私、騙《だま》されてたみたいなの」

「え?」

「この前言ってたサーファーの彼ね、私の部屋からお金とカードを持ち出して、逃げちゃったのよ」

私はそれを聞いて、思わず目をつぶった。いやな予感は厭味《いやみ》なほどによく当たる。年下のサーファーと聞いた時点で、どうも怪しいと思っていたのだ。

「最近彼、私の部屋にずっと住みついてたの。私、馬鹿だからそれを喜んでたわ。そしたら一昨日、朝起きてみたら彼がいなくて。きっとサーフィンかバイト先のサーフショップに行ったんだと思ってたら、夜になっても次の日になっても帰って来なくて……」

「お金といっしょに消えてたんだな」

思わず口を挟むと、月子は小さくウンと返事をした。

「ちょうど週末で、お給料をもらったところだったの。それを全部とクレジットカードとそれから指輪とかヴィトンの旅行鞄《かばん》も」

吐き出すように言ってしまうと、月子はまたしくしく泣き出した。私は受話器を耳に当てて、天井を見上げた。

「どうして私だけ、こんな目にあわないとならないの？　私、そんなに悪いことした？　好きだって言われて、素直に信じた私が馬鹿なの？　ねえ、深文。私、どうしたらいいの。どうして、なにもかもうまくいかないの」

泣きながらそう言う月子に、私はどう答えたらいいか見当もつかなかった。

「月子、月子。聞いてる？」

私が何か言っても、もはや彼女は泣くだけだった。

「お金、全部取られちゃったの？」

「……ううん。カードはすぐ盗難届出したから……」

「その男は？」

「部屋はもうとっくに引き払ってあったわ。サーフショップも、先週で辞めてたんだって。どこに行ったか知らないけど、もうハワイにいないことは確かみたい……」

「警察には届けたの？」

「届けてどうするの？　捕まえてもらって、お金とカードを返してもらって、それでどうするの？　もういやよ。私、もうこんなことといやなの」

あの辛辣《しんらつ》な月子が、まるで子供のように泣きじゃくった。私は胸がつぶれるような思いに首を左右に振る。

「じゃあもう、帰っておいでよ。チケット買うぐらいのお金はあるんでしょ。電話で泣かれたんじゃ私だって心配だよ。帰りにくい気持ちは分かるけど、そこにいたって、もうしょうがないじゃない。とにかく、一度帰っておいで。ね、分かった？」

嗚咽を洩《も》らしていた彼女は、洟を啜《すす》りながら小さく「分かった」と呟《つぶや》いた。

「また近いうちに電話するから、元気出しなよ。何かあったら、コレクトコールでいいから電話しな」

月子は叱《しか》られた子供のように、ウン、ウンと返事をした。うしろ髪を引かれる思いで電話を切ると、私は両手で髪を搔《か》きむしった。どいつもこいつも、片っ端から殴り倒してやりたい気分だった。

その週末、私は久し振りに実家に帰った。もちろん、自主的に帰ったのではない。

金曜の朝、母親から電話がかかって来て、お父さんの具合が良くないから会社が退けたら実家へ来なさいと言われたのだ。

どこがどう悪いのか、母は言わなかった。ということは、父の病気というのは私を呼び寄せる口実なのかもしれない。本当に悪ければ、聞かなくても具体的に喋《しゃべ》るはずだ。

もしかしたら、会社での噂《うわさ》が父の耳に入ったのだろうか。説教だと言うと帰って来ないから、嘘《うそ》をついた可能性もある。すっぽかそうかと思い悩んだが、結局私は実家に行ってみることにした。もし、本当に私の悪事が実家に伝わっているのなら、逃げ回ったところでそのうち捕まってしまうだろう。だったら素直に帰還命令に従う方が得策だと思ったのだ。

五時に仕事を切り上げ、電車とバスを乗り継いで実家に辿《たど》り着くと、庭先で姉が子供と遊んでいた。

「あら、早かったじゃない」

三輪車に乗った子供の背中を押しながら、姉がにっこり笑った。

「お父さんは？」

「うん。だいぶ、よくなったみたい。さっき何とか起きて、ソファに座ってたから」

「え？　本当に具合が悪かったの？」

「なに言ってるの。だから来たんでしょ。でも、お母さんも大袈裟《おおげさ》よね。たかが、ギックリ腰ぐらいで大騒ぎしちゃって」

クスクス笑う姉の顔を、私はポカンと眺めた。ギックリ腰だと？

釈然としないまま玄関を上がると、居間のソファにパジャマ姿の父が座っていた。

私の方を振り向くと、気まずそうに微笑《ほほえ》んだ。

「ギックリ腰なんだって？」

「昨日の晩、クシャミしたとたんにな……母さんの方がおろおろして、いいっていうのにお前まで呼びつけやがった」

なるほど。普段、病気らしい病気をしたことがない父が急に倒れたものだから、母はすっかり動揺してしまったのだろう。

「お母さんは？」

「買い物に行ってる。もう帰ってくるよ。お前も久し振りに帰って来たんだから、ゆっくりしていきなさい」

頭のてっぺんの毛がない部分を撫《な》でながら、父はそう言った。無表情を装っているが、末っ子が顔を見せたことが嬉《うれ》しい様子だ。

父は隠し事ができるタイプではない。私の悪事をどこかから聞いていれば、こんなに機嫌のいいわけがなかった。私はほっと息を吐いた。

その晩の夕飯は、賑《にぎ》やかだった。普段帰宅の遅い義理の兄も、父が心配だったからと早めに帰ってきた。

和室に大きなテーブルを出して食事をすることにした。その晩のメニューは手巻き寿司《ずし》で、皆それぞれ海苔《のり》に好きな物を巻いて食べた。姉の夫は私にビールを勧め、私は断るのも面倒なので、注《つ》がれるビールを黙って飲んだ。姉の子供がパタパタ走り回り、テーブルの上のサラダを引っ繰り返して泣いた。母と姉は、大きな声で笑っていた。楽しくないといったら嘘《うそ》になるだろう。私も久し振りに、声をたてて笑った。

本調子でない父は、食事が済むと、先に寝ると奥の部屋へ引っ込んで行った。母とふたりで台所の片づけをしていると、母は「深文も早くお父さんを安心させてあげなさい」と呟《つぶや》いた。

その晩、私は客用の和室に布団《ふとん》を敷いて寝た。風呂に入って多少酔いが醒《さ》めると、今度は目が冴えてしまって、ちっとも眠くならなかった。枕元《まくらもと》の電気スタンドを点けて、私はうつ伏せのまま頬杖《ほおづえ》をついた。

そこまで邪推するのもひねくれているとは思うが、今日のことはもしかしたら母の作戦だったのではないかと私は思い始めていた。

今日は確かに楽しかった。姉の子供は可愛《かわい》いし、兄は明るくて親切だ。そして、父の歳を取った姿を見た。誰だってこんな状況に置かれれば、自分も結婚して子供を作り、年老いた父を安心させてあげたいという気になるではないか。

母はひとりで暮らしている私に、ファミリーを作ることの幸福を教え、その気にさせようと企んでいたのではないだろうか。それが、私のひねくれた邪推であっても、とにかく効果はあった。私は、こういう形の幸せもあるのだなと納得せざるを得なかった。

私は頭を振って起き上がった。そっと障子を開けて辺りの様子を窺《うかが》う。どの部屋も電気が消えて、しんと静まっていた。私は足音を忍ばせて居間へ行き、コードレス電話の子機を取って和室へ戻った。

私は布団の上にあぐらをかいて、天堂の部屋の電話番号を押した。喧嘩《けんか》をしてから、私達はどちらからも連絡していなかった。こちらから折れるのは少し癪《しゃく》だったが、今日は実家にいて電話料金の心配がないからなんだと、私は自分自身に口実を言いきかせた。三回のコールで電話はつながった。けれど、愛想のいい「はい、天堂です」という声は留守番電話だった。

「只今《ただいま》、出張に出ております。土曜には戻りますので、メッセージがありましたらお願いします」

ピーッと発信音がして、私は何か言おうとしたけれど、結局いい文句を思いつかなかった。そっと電話を切って、私は子機を枕の上に放った。

留守番電話にしてくれたのは、私のためなのだと思うと、少し嬉しかった。溜め息とともに寝転がると、前に天堂が言っていたことを思い出した。

次に札幌に出張に行く時は、会社から支給される宿泊費を浮かせるために、弦巻の部屋へ泊めてもらうと言っていた。弦巻という男は、かつて姉の恋人だった。姉には沢山ボーイフレンドがいたが、弦巻という彫りの深い顔をした男とは、高校を卒業してからステディな関係になっていた。家には何度も遊びに来たし、暗い高校生だった私を姉と弦巻は時々映画や遊園地に誘ってくれた。何故ふたりが別れたのかは知らないが、別れてしまっても、ふたりは旧友のように時々連絡を取り合っていた。

姉に聞けば、弦巻の部屋の電話番号が分かるかもしれない。しばらく考えて、私はまた和室を出た。廊下をペタペタ歩き、階段から二階を見上げると、姉達の部屋ももう電気が消えていた。

わざわざ起こすほどの用事でもないので、私は肩をすくめて諦《あきら》めた。子機を居間へ戻そうとした時、私はもしかしたらと思って、電話機といっしょに置いてある大きなアドレス帳を開いた。

Tの欄に、弦巻の電話番号があった。〇一一という局番は確か札幌のものだ。私はアドレス帳と子機を持って和室に引き返し、書いてある番号を間違えないように押した。枕元の時計は、十二時になるところだ。こんな時間に迷惑かなと思ったとたん、電話がつながった。

「はい、弦巻です」

明るい声で、男の人が出る。私は緊張して自分の名前を名乗った。

「深文ちゃん？　あの涼子ちゃんの妹の？」

「うん。こんな遅くにごめんなさい」

「いいよ、いいよ。テレビ見ながら、酒飲んでたんだ。ちょうど誰かと話したいと思ってたんだよなあ」

弦巻は調子のいい台詞《せりふ》を口にした。陽気でお喋《しゃべ》り好きなところは変わっていないようだ。

「今、おひとりですか？」

天堂がそちらにいますかと聞くのが恥ずかしくて、私は婉曲《えんきょく》な聞き方をする。

「そうなんだよ。この歳になっても、まだひとり者でさあ。涼子ちゃんにふられてから、全然いい事ねえの。金曜だっていうのに、ひとりで酒盛りよ」

彼は質問の意味を取り違えたようだ。けれど、部屋にひとりでいることは分かった。

天堂は彼のところに泊まらなかったのだろうか。

「でも、どうしたの？　深文ちゃんが電話して来るなんてびっくりだ」

「ええと、まあ、なんとなく……今日、実家に泊まってるんですよ。それで、みんな寝静まっちゃったから、ちょっと暇で……」

しどろもどろに説明すると、弦巻はわははと大きく笑った。

「なるほど、夜中に電話できるような男がいないわけだな」

「まあ、そんなとこです」

「いいよ、いいよ。俺も暇だったから。涼子ちゃんは元気？」

彼が酔っていてくれて助かったと思った。いくらなんでも素面《しらふ》だったら、なんとなくでは納得してくれないだろう。

「そういえばさあ。天堂って覚えてる？」

「は、はい」

どきんと心臓が鳴る。今の言い方では、私と天堂が付き合っていることを、弦巻は知らないのかもしれない。

「先月かなあ。薄野《すすきの》でばったり会っちゃったんだよ。奴、出張で来てたんだって。あんまり偶然で嬉《うれ》しくってさ、朝まで飲んじゃった」

同じ台詞を天堂から聞いたなと私は思った。

「ほら、奴って昔からクソ真面目なところがあったからさ。付き合ってる女とうまくいかないとか言って、愚痴る愚痴る」

思わず、うっと唸《うな》りそうになって、私は手で口を押さえた。

「奴、一昨日からまた出張で来て、俺のとこ泊まってったんだよ。酔っぱらうと、またこれが女の愚痴なんだよなあ」

「ぐ、愚痴ってどういうこと言うの？」

さりげなく聞いたつもりが、口ごもってしまった。けれど、彼はガハハと笑い飛ばす。

「いきなり実家に連れてって、怒らせたんだってさ。そりゃしょうがないよな。誰だって心の準備ってもんがあるじゃない。どうも、奴には女心ってもんが分かんねえみたいだよ」

そうだそうだと、私は頷《うなず》く。

「あんまりぐちぐち言うもんだから、こういう時はパーッとやるんだよってさ。俺、ソープに連れてってやったんだ」

「え？」

「あ、いけねえ。深文ちゃんには、刺激が強いか」

「……今、ソープって言った？」

「まあね。俺、時々行くのよ。軽蔑《けいべつ》する？　でもさあ、素人《しろうと》さんに手を出すより気楽でいいんだよ。こういう男の性を分かってほしいなあ」

私は受話器を固く握り、力をふりしぼって平静な声を出した。

「うん、分かる。軽蔑なんかしないよ。天堂さんも行ったの？」

「最初、しぶってたんだけど、出てきてみりゃあ幸せそうな顔しやがってさあ。マリーちゃんって子に当たったんだけど、その子、ナンバー1なんだよ。奴、運がいいねえ」

弦巻の言葉が、頭の中をぐるぐる回った。薄野のソープ、ナンバー1のマリーちゃん。

「……天堂さんは、もう、帰ったの？」

「ああ、夕方の飛行機でね。土曜はその女の所にご機嫌を伺いに行くんだって言ってたよ。それよりさあ、深文ちゃん、今度札幌遊びにおいでよ。あっちこっち案内するから」

「うん、そうですね。じゃあ、そろそろ」

「ええ？　そっちからかけてきて、もう切る気？　まだ一時にもなってないじゃない。電話代が気になるんなら、こっちからかけ直そうか」

私は指でそっと電話を切った。プツンと音がして、喧《やかま》しい酔っぱらい男の声は消えた。私は子機を持ったまま、長い間布団《ふとん》の上に放心して座っていた。

翌日、私は熱を出した。

子供の頃、水泳やマラソンがある日の朝、どこも具合が悪くないのに熱を出せる特技を私は持っていた。いやだいやだと思っていると、ちゃんと熱が出るのだ。高校生になる頃には、もう自分の意志で熱を出したりはできなくなっていたのに、私は久し振りに「いやだ熱」を出してしまった。

客間に敷いた布団にもぐって、私はじっと目をつぶった。昨日の晩はそれほどでもなかったのに、ショックがじわじわとからだを蝕《むしば》んでくる。

天堂が、私以外の女の人と寝るなんて、思ってもみないことだった。

私は道徳観念のしっかりしている方じゃない。いや、それどころか、天堂と付き合い始めたばかりの頃は、何度か他の男の人に誘われるまま寝たこともある。岡崎のことだって、ベッドに入ってはいないが立派な浮気と言えるだろう。自分が遊んでいるのだから、相手の浮気を責めるのは間違っている。それにお金を払って女を抱くということは、浮気とさえ言えないのではないだろうか。

男の人というものは、いろいろな女の人に手を出してみたいのだということを私はよく知っていた。だからこそ、岡崎と楽しく遊んでいられたのだ。岡崎に比べれば、天堂など可愛《かわい》いものではないか。

大したことではないのだと、自分に言い聞かせれば言い聞かせるほど、私を蝕むショックは大きくなっていった。ポツンと胸に空いた穴が、徐々に大きな空洞になっていく。

布団を頭からかぶって、私は天堂が他の女を抱くところを想像した。弦巻は一言もそんなことを言っていなかったのに、私の脳裏にはグラマラスで天真爛漫《らんまん》な〝マリーちゃん〟の姿があった。私にはない単純な明るさを持つ女。男のわがままを優しく包みこむ豊かな胸。

天堂が彼女の大きな乳房に触れている所を想像して、私は切れるほど唇を噛《か》んだ。やめてくれと私は胸の中で何度も叫ぶ。まるで奥様向けのメロドラマのように、天堂の頰を叩《たた》き、泣き叫ぶ場面を想像した。

結局、私は安心していたのだ。色々と御託《ごたく》を並べても、天堂は私だけが好きで、私だけを抱いてそれで満足しているはずだと信じていたのだ。自分の思い上がりが恥ずかしく、そして悔しかった。私にもプライドというものがあったのだと、改めて思い知らされた。

私は嫉妬《しっと》していた。恋愛感情でなく、ただの処理としてでも、彼が他の女の人に触れるのが許せないと思った。私は初めて、天堂を独占したいと強く願った。私の小さなワンルームに彼を押し込んで、二度と部屋の鍵《かぎ》を開けずに閉じ込めておきたいと思った。

けれど、彼は他の女を抱いたのだ。私以外の女に触れて、幸せな一晩を過ごしたのだ。天堂が好きだった。だからこそ、私は彼が許せなかった。

私は実家の客間で布団《ふとん》をかぶり、熱のある頭で天堂の明るい笑顔を恨んだ。

土曜日曜と、熱を出した私に家族は優しかった。けれど、月曜日になってもまだ布団をかぶっている私を見て、彼らは態度を一変させた。母と姉はふたり揃《そろ》って、ずる休みをするなと私の布団を剝《は》いだ。

それでも何とかお願いして、月曜日は一日寝かせてもらった。たぶん、私の目が赤いのが熱のせいだけではないことを、多少は分かってくれたのかもしれない。

しかし、火曜には朝の五時前に起こされ、会社に行きなさいと家を追い出された。着替えのために一旦《いったん》自分の部屋に戻ると、狭い部屋の中には、強烈な匂《にお》いが充満していた。どうやらここの所続いた夏のような気温のせいで、パイナップルが熟し切ってしまったようだ。

自分ひとりではとても食べ切れそうもないので、誰かにあげてしまおうかと思ったが、適当な人が誰も思いつかなかった。ひとつだけ食べて、あとは捨ててしまおうかと考えていると、床に置いた電話が目についた。留守番電話のランプが点いている。私は迷わず、メッセージを聞かないで消してしまった。

会社へ行くと、先に来て掃除をしていた日比野が、開口一番厭味《いやみ》を言ってきた。

「深文さん。昨日大変だったんですからね」

「え？」

「サユリさんとふたりで休まれたら迷惑ですよ。八時まで残業しちゃったんだから」

唇を尖《とが》らす日比野に、私は聞き返す。

「サユリさんも休みだったの？」

「ええ。また無断欠勤なんですよ。信じられない」

私は適当に彼女をあしらって、更衣室に向かった。サユリさんは先月あたりからポツポツと連絡なしに休むようになっていた。上の男の人達も、彼女が連絡なしに休むなんてどうしたことだろうと首を傾げていた。課長が電話をしてみると、何度かのコールの後やっと彼女が出て、体調が悪くて起きられなかったと告げたそうだ。

更衣室のドアを開けると、サユリさんがちょうど着替えをしているところだった。こちらに向けられた下着姿の背中は、驚くほど痩《や》せて骨張っていた。

「……おはようございます」

そっと声をかけると、サユリさんはブラウスに袖《そで》を通しながら振り返る。蛍光灯の明かりのせいか、顔色がとても悪く見えた。彼女は小さく頷《うなず》いただけで、もう私の方を見ようとしなかった。

よほど体調が悪いのだろうかと思ったけれど、私はサユリさんに言葉をかけたりはしなかった。

私には、他人に同情するような気持ちの余裕はまるでなかったのだ。

その日、私は廊下で岡崎とすれちがった。部下とふたりで歩いていた彼は、私の顔をおやっという顔で見た。プイと目をそらし、彼の横を足早に通り過ぎると、後ろから名前を呼ばれた。

「深文ちゃん」

岡崎は連れの人に先に行っててと告げると、笑顔でこちらに歩いて来た。

「……なんでしょう」

「昨日、休んだろ」

「ええ、まあ」

「今日、飲みに行かない？」

無邪気に笑って、彼は私の胸のあたりをポンと叩《たた》いた。私は慌てて辺りを見回す。

「ちょっと。こんなとこで、やめてよ」

「誰も見てないよ。な、飲みに行こ。おじさんが、悩みを聞いてやるよ」

私は驚いて、彼の顔を見上げた。そのとたん急に岡崎の顔が下りて来た。唇をかすった小さなキスに、私はますます目を丸くして岡崎を見る。からかうような彼の目の奥を、私は探るように見つめた。

「……どうして？　ここの所、ずっと私のこと避けてたじゃない」

「避けてなんかないさ」

「だって」

「キミが、放っておいてほしいって顔してたからだろ。違うか？」

私は持っていた書類袋を両手で抱え、自分の爪先《つまさき》に視線を落とした。

「じゃあ、今日は？」

うつむいたまま聞くと、岡崎の手が私の短い髪をくしゃくしゃかき混ぜた。

「かまってほしいって書いてある」

私は大きく溜《た》め息をついて、顔を上げる。笑おうとしたけれど、口の端っこが引きつってしまった。

「六時に駅のタクシー乗り場だ。リクエストは？」

「……串揚《くしあ》げかトンカツ」

「まかせなさい」

大袈裟《おおげさ》に自分の胸を叩く岡崎に、私は小さく頷《うなず》いた。

その日の夕方、時間どおりにタクシー乗り場に現れた岡崎は、いつものように私を車に押し込んでから、運転手に行き先を告げた。今日は「人形町」だった。

今朝早起きをしたせいか、車の振動が気持ちよくて、うとうとしてしまった。隣に座った岡崎が、そっと手を握ってくる。彼の手は天堂に比べてがっちりと厚かった。その重みが妙に安心できて、私は車が目的地に着くまで、すっかり本気で眠ってしまった。

岡崎が連れて行ってくれたのは、通りを外れた路地にある、いかにも高そうな串揚げ屋だった。こぢんまりした格子戸を開けて、藍《あい》色の暖簾《のれん》をめくる岡崎の後に、私はおずおずと続く。この状況は、どこから見ても不倫カップルのお忍びデートに見えるだろう。

案の定、店の中にはいかにも不倫ですという感じのカップルが何組か見えた。カウンターの席に座ると、和服の女性がビールとおしぼりを持って来た。ビールは小瓶《こびん》で飴《あめ》色の袴《はかま》に収まっている。

「高そうな店だね」

「おう。高いよ」

おしぼりで顔を拭《ふ》きながら、岡崎が答えた。私は磨かれたカウンターやら、凝った醤油注《しょうゆさ》しなんかをキョロキョロと眺める。

「こんないい店じゃなくてよかったのに」

「気にするな。あとで、からだで払ってもらうから」

そう言って、彼は私の顔を覗《のぞ》き込んだ。答えに詰まっていると、彼はおしぼりを畳みながらくすくす笑う。

「どうした？　いつもなら、冗談じゃないって顔するだろ。そんなに落ち込んでるのか？」

「……別に」

「まあ、そういう時はじゃんじゃん飲んで無茶することだな。今日はおじさんがとことん付き合ってやるから」

注《つ》いでもらったビールを、私は一気に飲み干した。隣で岡崎が子供のようにパチパチ手を叩《たた》く。私は彼の楽しそうな顔を、複雑な思いで見た。

岡崎はもう、どこのホテルへ行こうかあれこれ考えているだろう。彼は、今日なら私が断らないことを、ちゃんと知っているのだ。けれど、不思議と腹はたたなかった。天堂が浮気をするなら私もしてやるとヤケになっている自分を、もうひとりの自分がそっと後ろに立って冷静に眺めていた。しかし、背後霊の私も、今晩はこの人に抱いてもらったらいいんじゃないと耳打ちをした。

次から次へと出てくる串揚《くしあ》げを食べながら、私と岡崎は世間話をして盛り上がった。ビールは最初の二本でやめにして、彼は生酒を頼んだ。よく冷えた生酒はワインよりも口当たりがよく、私は知らないうちに相当量のお酒を喉《のど》に流し込んでいた。

店を出た時には、私も彼もかなり酔っぱらっていた。ご機嫌でタクシーを停めようとする岡崎の手を、私は慌てて遮った。

「ちょっと、待って」

「なんだよ。帰るなんて言い出しやがったら、スカートめくっちまうぞ」

頬を赤くした彼は、わざと呂律《ろれつ》の回らない口調で言う。

「これから、どこ行く気？」

「二次会だ、二次会。その後はキミとファックだ」

「二次会でも、ファックでもいいから、聞いておきたいことがあるんだよ」

スーツの襟《えり》を両手で摑《つか》んで、私はふらふら歩く彼をこちらに向けさせた。歩道を歩く若いサラリーマン達が、私達に向かってひやかしの口笛を吹く。

「聞きたいこと？　なんだ、女房とは週に二回だ」

「そんなこと聞いてないよ。ねえ、岡崎さんは日比野と寝た？」

キョトンとした顔で、彼は私を見下ろした。

「どうして、そんなこと聞く？」

「なんで分かんないんだよ。前に言ったでしょ。もし日比野と寝てるんなら、私はもう帰る。そういう揉《も》め事に巻き込まれるのはいやだからね」

岡崎は私の両腕をガッチリ摑んで、額をぶつけてきた。

「日比野がそう言ったのか？」

「違うよ。でも、ピンときた」

「寝てないよ」

「本当に？」

彼は急に真面目な顔をすると、片手を顔の高さまで上げた。

「誓って、寝てない」

「……………」

「だから、今夜はおじさんとファックだ」

私の返事を待たないで、彼はちょうどやって来たタクシーを車道に乗り出すようにして停めた。

「そら、乗った。二次会はオカマバーに連れてってやる」

「ねえ、岡崎さん」

私はタクシーの後部座席に片足を乗せた恰好《かっこう》で、彼を振り返った。

「あん？」

「何があったって聞かないんだね」

車のボンネットに手をついて、岡崎はにやりと笑う。

「聞いてほしいのか？」

私は返事をせず、つんと向こうを向いてタクシーに乗り込んだ。

岡崎は馴染《なじ》みらしいゲイバーで、これまた大酒を飲んだ。私も喧《やかま》しいオカマ達に、ウィスキーの一気飲みをさせられ、ついでにカラオケまで歌わされた。私がアイドル歌手の歌を歌うと、オカマ達と岡崎がヘタだのブスだの、嬉《うれ》しそうにはやしたてた。

そのゲイバーを出た時には、本当に私達はべろべろに酔っぱらっていた。ふらふらな足取りで何とか車を捕まえると、彼は運転手に「湯島」と告げた。

「湯島？」

「ホテル街だよ。お前なんか、渋谷の円山と新横浜しか行ったことないんだろ」

図星だったので、私は黙っていた。そのうち、岡崎が私によりかかってうーうー唸《うな》り出した。

「どしたの？」

「気持ちがわりい」

「ええ？　大丈夫？」

私達のやりとりを聞いていた運転手が、

「お客さん。あとちょっとだから、吐かないでよねえ」

と迷惑そうに言った。

ホテル街の真ん中で車を下ろされ、私はへろへろになっている岡崎を肩に担いで、手近のホテルに入った。ちょうど出てきたカップルが、今まさに男を連れ込もうとしている私を怪訝《けげん》な目で見て行った。

ずるずる引きずるようにして岡崎を部屋に入れると、彼は早速洗面所に行って嘔吐《おうと》を始める。苦しそうな声をドアの向こうに聞きながら、私は最近ではあまり見なくなった回転ベッドの端に腰かけた。

目の前にあった冷蔵庫から、缶ビールを出して飲んでいると、ウウウと唸りながら岡崎が洗面所から出てくる。ゆるめたネクタイを外してどこかに放ると、ばったりベッドに倒れ込んだ。

「平気なの？」

「……平気じゃない」

布団《ふとん》に顔をつけたまま、くぐもった声で彼は答えた。

「ムードないなあ」

私は笑って立ち上がり、岡崎の靴を脱がせてやった。彼のそばに腰を下ろすと、岡崎は私の膝《ひざ》に顔を埋めてくる。

「深文は、酒が強いな」

「若いからね」

「俺も若い頃は、沢山飲めた。それに、やれる女を前にして、こんなべろべろになったりしなかった」

私は岡崎の髪をそっと撫《な》でる。

「歳取ったってことじゃない」

「そうだなあ……歳取ったのかもなあ」

「どうして、そんなに飲んじゃったのよ」

彼はタイトスカートから出た私の膝頭に、軽く唇をつけるとこう言った。

「お前は信じないかもしれないけどさ」

「うん」

「俺、お前が寝てくれるって分かって、嬉しかったんだ。それで歳甲斐もなくはしゃいじまった」

私は一瞬耳を疑った。けれど、どうせ岡崎得意の口説《くど》き文句だと考え直す。

「そりゃどうも。光栄だわ」

「悪い、深文。明日の朝やろう」

「はいはい。いい子は歯を磨いて、もう寝なさい」

「はい。分かりました」

岡崎はしぶしぶ呟《つぶや》いて起き上がり、洗面所に歯を磨きに行った。シャワーを浴びようかと思ったが、私も人のことは言えないぐらい酔っぱらっていたので、とにかくすぐにでも寝てしまいたかった。

洋服を脱いで、枕元《まくらもと》にあった浴衣に着替え、私は回転ベッドにもぐり込んだ。そのうち岡崎が現れ、電気を消して私の横に滑り込んで来る。

「手えつないで寝ようぜ」

「うわあ。純愛」

私達はくすくす笑いあって、お互いの手を握った。鏡張りになっている天井に、私と岡崎の顔が並んで映る。

「岡崎さんってさあ」

「うん」

「恐いものある？」

鏡の中の彼が、目をパチクリさせるのが見えた。

「お前はいつも、変なこと聞くんだな」

「……そうかな」

岡崎はふうっと息を吐き、目をつぶる。

「恐いもんなんかない」

「どうして？　本当に？」

「蛇も毛虫も恐くない。出世を考えてないから、上司も恐くない。女房は俺に惚《ほ》れてるから恐くない」

「本気で言ってるの、それ」

「本気」

私が次の質問を考えているうちに、隣から気持ちよさそうな寝息が聞こえてきた。小さな寝息はやがて鼾《いびき》に変わっていく。私は岡崎の手を離して布団をかぶった。うるさいなあと思っているうちに、私も睡魔に引き込まれていった。


ぱっちり目が醒《さ》めた時、一瞬自分がどこで何をしていたのか思い出せなかった。起き上がって辺りを見回し、やっと岡崎といっしょにホテルに泊まったことを思い出した。

部屋の中は来た時と同じように薄暗く、まだ夜なのかもう朝なのか、まるで分からなかった。ズキズキする頭を押さえて、私は枕元に置いた腕時計を捜す。電気スタンドの下に岡崎のロレックスを見つけ、手に取って覗くともうすぐ六時になるところだった。

岡崎の姿はなく、バスルームの方からシャワーの音がしていた。私はのそのそ起き出して、乱れた浴衣《ゆかた》を適当に直す。昨日、歯を磨かずに寝てしまったので、口の中が気持ち悪かった。

洗面所の扉を開けると、曇りガラスのドアの中に裸の岡崎のシルエットが見える。

「起きたのかあ？」

バスの中から、彼が聞いてきた。

「うん。歯を磨こうと思って」

「ちゃんと磨けよ。さっきキスしたら、口が臭かったぞ」

私は笑いながら、ビニールに入った歯ブラシを手に取った。洗面台の前で歯を磨いていると、岡崎が脱ぎ捨てたらしいアンダーシャツが、くしゃくしゃになって落ちているのが目に入った。

「……しょうがないなあ」

歯ブラシをくわえたまま、何気なくシャツを取り上げると、くるんであったらしいトランクスが床に落ちた。私はそのパンツを拾おうとして、手を止めた。

サイケな花模様の派手なトランクス。見覚えがあった。

どこで？

どこで見た？

私は歯ブラシを放り出すと、急いで口をゆすいで洗面所を出た。浴衣を脱ぎすて、ハンガーにかけてあった洋服を慌てて着る。ストッキングも穿かずに靴をひっかけ、私は髪も顔もそのままで、そっと静かに部屋の外へ出た。そして、ダッシュでホテルの出口に駆け下りた。

あれは、サユリさんの家で見たパンツだ。間違いない。

私には、とても偶然だとは思えなかった。

岡崎とサユリさんは、できているのだ。

冷汗がじっとり湧《わ》いてくる。私は早朝のホテル街を、どちらが駅かも分からず走り抜け、通りかかったタクシーを強引《ごういん》に止めて乗り込んだ。

8

岡崎とサユリさんは、できていたのだ。

頭の中をその事ばかりがぐるぐる回り、訳の分からない感情の波が、私のからだを震わせた。

タクシーの後部座席でからだを折ってぶるぶる震える私に、人のよさそうな運転手が、どこか病院につけましょうかと何度も聞いて来た。私は平静を装うこともできず、ただ首を横に振るだけだった。

自分の部屋に戻ると、私はへなへなと床に座り込む。パイナップルの熟した匂《にお》いと、生ゴミの匂いが、むっとした部屋に充満していた。その中で私は、倍以上の早さで鳴っている心臓を両手で押さえて息をついた。

頭の中が真っ白になっていた。自分で自分の感情がまるで認識できなかった。悔しいのか、悲しいのか、逆に危ないところを逃れてきて満足なのか、何だかよく分からなかった。目に映る見慣れた自分の部屋がやけによそよそしく、ビデオテープの映像のように見えた。

からだを抱き締めるようにうずくまっていると、聞いたことのあるメロディが耳に入った。オルゴールが奏でる単調なメロディ。しばらくして、それがゴミの収集車の音楽だと気が付き、そのとたんに、つきものが取れたように私は正気に戻った。

いけない。会社に行かなくては。

とっさに左手首に視線を向けると、そこには腕時計が巻きついていなかった。ホテルに忘れて来たのだと気が付くと、私は思わず悪態をついた。

「くっそお」

急に岡崎への怒りが込み上げてくる。

そういえば以前、サユリさんと食堂で御飯を食べていた時、岡崎が通りかかったことがあった。あの時、岡崎が私に合図してくれなかったのは、サユリさんがいたからだったのだ。あのアンティークのロレックスも、サユリさんのプレゼントに違いない。

事務所の女で口説《くど》いているのは私だけだと岡崎は言った。あんなに私が色恋沙汰《ざた》に巻き込まれるのは御免だと言ったのに、あの馬鹿はまるで分かっていなかったのだ。

いや、違う。彼は承知の上で嘘《うそ》をついたのだ。

恐いものがない人間は強い。欲望のままに動いて、後先考えずに嘘をつくことができる。相手を傷つけたのではないか、自分が嫌われたのではないかと思い悩むこともない。

冷静に考えれば羨《うらや》ましい生き方だが、今は腹がたつばかりだ。私は立ち上がったついでに、並んでいたパイナップルをいくつか足で蹴飛ばした。部屋中を破壊したい気分だったが、そんなことをしている暇はない。壁にかけた時計は、もう八時になるところだった。

現実的なことを考えよう。大嘘つきの助平野郎を頭から追い出し、会社へ行く準備をするのだ。確か午後の会議までに揃《そろ》えておかなくてはいけない資料があった。今日はどうしても会社に行かなければ。

服を脱ぎ捨て、手早くシャワーを浴びた。タオルを巻いたまま鏡に向かい、短い髪にざっとドライヤーを当てる。こういう時に、ショートだと便利だなと思いながら、ブラシで髪を撫でた時のことだった。

頭の左側にぼそっと髪が抜けるような感触がした。おやっと思ってブラシを見ると、束状になった髪が付いている。鏡を覗《のぞ》いて、私は目を見張った。本当に髪が抜けていたのだ。それも五本や六本ではなく、左耳の上5センチぐらいのところに、五百円玉ぐらいのハゲがくっきりできていた。

私は鏡の前で、硬直した。

学生の頃見た、自宅で原爆を作った男の映画が頭をよぎる。間違って放射能に汚染されてしまった主人公は、抜け毛の異常さで自分が汚染されていることを知るのだ。

震える右手を頭に乗せて、私はそっと髪をつまんでみる。映画では、引っ張った髪は抵抗なくごっそり抜けていた。けれど、私の髪はしっかり地肌に根づいていた。

いくら何でも放射能汚染だとは思わなかったが、どうして突然円形状に毛が抜けてしまったのか私には分からなかった。

私は乗り出すようにしてハゲた部分を鏡に映した。白い地肌が生々しく浮かんでいる。三歩ほど後ろに下がってその部分を見て、私はからだ中の力が抜けるような思いをした。その五百円玉ハゲは、とても目立つのだ。これでは会社に行けない。キスマークならば絆創膏《ばんそうこう》を張ればいい。けれど、頭のハゲはどう隠したらいいのだ。会社の中で帽子をかぶっているわけにもいかないではないか。

鏡の前で茫然《ぼうぜん》としているうちに、何だか気分が悪くなってきた。頭の芯がくらくらして、手足の先が痺《しび》れてくる。

私は立っていられなくなって、ぺたんとそこに座り込む。これはもしかして「いやだ熱」かと私は思った。こんな状態では、会社に行けない。そうは思ったが、言いつけられた用事をすっぽかしたら、会社での私の立場がもっと悪くなってしまうだろう。とにかく、今日は這《は》ってでも行かなければ。倒れるなら会社で倒れよう。皆の見ている前で具合が悪くなれば、ずる休みだと言われないですむ。

力をふりしぼって立ち上がろうとしたが、手にも足にも力が入らなかった。これは変だぞと思い始めた時には、もう私は全然動けなくなっていた。視界に黄色い幕がかかり、呼吸が普通にできなくなっていた。まるで部屋の中に酸素がなくなったのではないかと思うほど息苦しく、激しい頭痛と吐き気がした。

からだを襲う正体の分からない苦痛に、私は呻《うめ》いた。子供の頃から小さい病気はちょこちょこしても、こんなからだの自由を奪われるような症状に襲われたことは一度もない。只事《ただごと》ではないと思っても、全身が硬直してすぐそこにある電話に辿《たど》り着くこともできなかった。

苦しくて、耳へ伝う涙を拭うことができない。巻いていたタオルが解けて、私は裸のまま床をのたうちまわった。

息ができず、声が出ず、からだが動かない。

このまま死んでしまうんじゃないかと私は思った。気を失ってしまいたいのに、意識だけが妙にはっきりして、全身に起こった苦痛を私は鮮明に感じなければならなかった。

強烈な苦しみの向こうに、ドアの開く音が聞こえる。隣に住んでいる女子大生が出かけて行く様子だ。私はありったけの力を振り絞って助けを求めたが、掠《かす》れた私の声はドアの外まで届かなかった。靴音が遠ざかり、私は絶望の淵《ふち》に立たされ、死への恐怖にうち震えた。

それから約二時間、私は自分の内側から起こった暴力になす術もなく呻いていた。落ち着くんだ、落ち着くんだ、と自分に言い聞かせているうちに、呼吸困難とからだの痺れが解けてくる。頭痛と吐き気は残っていたものの、私は何とかからだを起こすことができた。

寝床にしているマットレスに這って行って、私は丸めて置いてあった毛布を両手で抱えて息を整えた。

今のは何だったのだろうか。

宿酔いにしても強烈すぎるし、他に思い当たる節はない。

苦しんでいる時は、少しでも動けるようになったらすぐ実家に電話をして救援を頼もうと思っていたが、からだが楽になって冷静になると、それはあまりにも大袈裟《おおげさ》かなと思った。

私はマンションの裏に、小さな内科があることを思い出して、のろのろと起き上がった。吐き気はもうほとんどなく、頭の芯《しん》が少し重いだけだった。

このまま一日横になって様子を見ようかと思わないでもなかったが、先程の尋常ではない苦しみがまた起こったらと思うとぞっとした。何が自分のからだに起こったのか、教えてもらわないことには不安でしょうがない。

ブラジャーもせずトレーナーをかぶり、私は保険証と財布を持って医者に向かった。そこは私が記憶していたよりも、大きな医院だった。間口は古く小さいが、看板には小児科から肛門《こうもん》科まで一通りの科が書いてあり、入院施設もあるようだった。

曇りガラスの扉を開けて中に入り、私は一瞬ぎょっとした。驚いてしまうほどの人数の年寄りが、待合室の長椅子に座っていたのだ。皆、手近な人とこそこそ話しては、相槌《あいづち》を打ったり溜め息をついたりしていた。

私が受付で症状を説明すると、厚化粧のいかにも不親切そうな事務員が、お呼びするまでお待ち下さいと言った。

私は待合室の隅で老人達の病気自慢を聞きながら、名前を呼ばれるのを待った。テーブルの上に積んである雑誌に手を伸ばす気もしなかったし、目の前にあるテレビを見ても、まるで頭に入らなかった。

十分ほどで名前を呼ばれて、私は急いで立ち上がった。言われた番号のドアを開けると、こちらに背を向けていた白衣姿の医者が、椅子《いす》ごとくるりと私の方を見た。

「どうしましたか?」

先程の事務員と違って、その医者はとても人のよさそうな笑みを浮かべ、私に椅子を勧めた。大島渚をもっとよぼよぼにしたような容貌《ようぼう》の医者に私はいっぺんで好感を持ち、膝《ひざ》にすがって助けて下さいと泣きたくなった。

老大島渚は、私が興奮して症状を説明するのをうんうんと相槌を打って聞いていた。時折質問を挟み、その度にカルテに何やら書き込みをしていた。

「たぶん、あなたはあれだね。カコキュウ症候群でしょう」

「は？　カコキュウ？」

「そうです。現代病なんですよ。特に若い女性がかかりやすい」

医者は立ち上がると、本棚からぶ厚い医学書を出して来て、机の上に広げた。

「ほら、これです。ごらんなさい」

指さされた箇所には「過呼吸症候群」と書いてあった。

「読んで字の如し。呼吸器の機能に異常がないのに突然息苦しくなる。そして慌てて呼吸を増やそうとすると益々苦しい。光化学スモッグにやられたり、不安が異常に強い時などに起こる」

彼はまるで詩を読むように、朗々とそう言った。私はポカンと口を開けて、医者の顔を見上げる。

「相当ストレスが溜《た》まっているようだね、あなたは」

「………」

「その頭も円形脱毛症だな。いつからですか？」

「今朝です……」

ふんふんと頷《うなず》くと、医者はまたカルテにドイツ語を書き込む。

「あ、あの。また発作が起こるんでしょうか」

私が勢い込んで聞くと、彼は眼鏡の奥から温和そうな目を向けた。

「起こるかも知れないし、起こらないかもしれない」

「そんな、無責任な」

泣きそうな私に、彼は椅子ごと向き直る。

「そのうち、治りますよ」

「そのうちって……」

「薬を飲んだらすぐ治るという種類の病気じゃありません。悪い所を治すには、原因を取り除くことです。しばらく、ゆっくり休むことですね」

私はすっかり放心状態になって、白衣姿の老人を眺めた。休めと言われて休めるなら、そんな楽なことはない。けれど、具体的にどうしたらいいのだろう。会社を辞めた方がいいということなのだろうか。

会社を辞める？　病気だから、もう勤められない？

私は夢のような、けれど自己嫌悪というジャムがたっぷり塗られたパンを差し出された気になった。受け取っていいのだろうか。断って帰らなければいけないのだろうか。

いつのまにか私は立ち上がっていた。ペコンと頭を下げて、入って来たドアへ向かう。

「鈴木さん」

呼ばれて私は振り返った。

「無理をしてはいけませんよ。診断書がいるなら、また来なさい」

「……はい。ありがとうございます」

「それから、カウンセリングを受けたいなら、知り合いの人を紹介してあげるよ」

「カウンセリングって何の……」

私が問うと医者は白衣の胸に手を当て「心だよ」と言った。

カウンセリングの必要なぼろぼろの心を抱えて、私は医院を出た。空腹は感じなかったが、目についたパン屋で菓子パンをふたつ買った。お財布の中には、もう一万円札が一枚と千円札が三枚入っているだけだった。給料日まであと二週間もある。今朝、湯島からここまでタクシーで帰って来たのを今更ながら後悔した。

私はマンションまでの道をふらふら歩きながら、医者に言われたことを何度も頭の中で繰り返した。強度のストレスから来る現代病。原因を取り除かなければ治らない。

私は雲の上を歩いているような頼りない気持ちで、日の当たった路地を歩いた。

私は正当な退職理由を手に入れたのだ。

けれど、逃げよう逃げようとしている私のからだの中に、まだほんの少しの抵抗軍が残っていた。そんなことだからお前はだめなのだ、会社を辞めてお前はどうする気だ、愛情の檻《おり》に閉じ込められているのがいやで独立したのではないか、それなのに結局頭を下げて檻に戻るのかと彼らは私を責めた。

部屋へ帰り着くまでの間に決心などつくわけもなく、私は混乱したまま鍵《かぎ》を開けて部屋に入った。私だけの小さな城は、果実の腐った匂《にお》いが漂い、私は崩れるようにしてマットレスに横たわった。視線の先に、電話機が見える。電話を見たとたんに、私は自分が病気に蝕《むしば》まれていることを誰かに報告しなくてはという気になった。

私は恐かった。またさっきの発作が起こったら、今度こそ死んでしまうのではないかという恐怖にかられた。医者は死に到るなど一言も言わなかったが、あの発作は本当に死んでしまいそうに苦しかったのだ。

とにかく母親に連絡をしようと電話を手元に引き寄せたところで、私は突然天堂のことを思い出した。

病気のことを天堂に伝えたら、彼はどういう顔をするだろう。テンにも責任がある、お前が私を苦しめたからこんなことになったのだとなじったら、彼はどんな顔をするだろう。

　私は天堂に会いたいと思った。それはとても切実な願いだった。私を裏切る前の彼に会って、腕を取って揺さぶり、私以外の女と寝ないと約束させたかった。

　その時、目の前に置いた電話が鳴り出した。私はびっくりして思わず後ろに飛び退いた。こんな時間に電話をかけてくるのは、誰だろう。きっと、天堂だ。私が何の連絡もしないから、また留守番電話にメッセージを録音しようとしているに違いない。私は恐る恐る受話器を取って、無言のまま耳に当てた。

「鈴木さん？　鈴木深文《みふみ》さん？」

　男の人の声だった。けれど、天堂ではない。この神経質な声には、聞き覚えがある。

「……はい」

「金庫の田岡です。どうしました？　連絡がないので心配しましたよ」

　田岡というのは、例の標本にしてやりたい人事課長だ。さっきの発作で無断欠勤のことなどもう頭からすっぽり抜けていたから、私はとても驚いた。

「具合が悪かったんですか？」

「は、はい。まあ」

「動けないぐらい？」

　課長は、ちっとも心配なんかしていないような声で聞いてくる。私はムッとして、返事をしなかった。

「どうかね。会社に出て来られないぐらい悪いのか？」

「はい」

「困ったな。それでは、こちらが君の所に行くことになるんだよ。それでは、君もいやだろう。タクシー代はこちらで持つから、これから来てくれないか」

課長の懇願するような言い方に、私は首を傾げた。こちらに来る？　誰が何のために私の部屋まで来ると言うのだ。

「でも、課長……」

「頼むよ。私が迎えに行ってもいい」

冗談じゃないという台詞《せりふ》が出そうになって、私は慌てて口を押さえた。

「とにかく、出社してくれ。いいね、分かったね」

一方的に言うと、課長は乱暴に電話を切った。

三十分ほど悩んだ末、結局私は会社へ行ってみることにした。どうせろくな事ではないだろうと思ったが、課長の様子は只事《ただごと》ではないようだった。本当に迎えに来られては堪らない。

私はしぶしぶ下着をつけて服を着た。鏡の中の私は青いというよりも、能面みたいに真っ白な顔をしている。そして見事にぽっかり頭にハゲができていた。診断書をもらってくればよかったと私は思った。それを突きつけ、私がこんな姿になったのは、お前達が私を苛《いじ》め抜いたせいだと宣告してやりたかった。

電車で行く方が早いのは分かっていたが、私は課長の言いつけどおり車を拾って金庫まで行った。

事務所に着いて、とにかく制服に着替えようと更衣室のドアに手をかけた時、人事の一番若い男性が私に気がついて、廊下を走って来るのが見えた。ドアを開けようとする私の手をがっちり握ると、

「いました！」

とフロアーの方に声をかけた。とたんに、わらわらと上司達が現れ、私をぐるっと囲んだ。

「な、なんですか？」

「いいから、来なさい」

まるで逃げ回っていた不法入国者を捕まえたかのように、係長と課長は私の両腕を摑《つか》まえてせきたてる。私はあっという間に、エレベーターに乗せられ、最上階の役員室に連れ込まれた。

役員室には、各部の部長から専務、常務、監事、頭取とお偉いさんがずらっと待ち

構えていた。彼らの冷たい目が一斉に向けられたとたん、私は全身の力が抜けてしまった。へなへな崩れる私を、脇から係長と課長が摑み上げ、応接セットのソファに座らせた。

役員達はちらちらと目くばせだけで会話をした。すると、総務部長が私の正面に腰を下ろした。

「具合が悪かったんだって？」

異様な緊張感と、向けられた冷たい視線の意味が摑めず、私は部長のブルドッグのような顔を穴が開くほど見つめた。

「お休みのところ申し訳なかったがね、どうしても鈴木君に聞きたいことがあるんだ」

部長はそう言うと、テーブルの上に置いてあった大振りの印鑑を私の前に差し出した。

「見覚えがあるかね？」

「……いいえ」

振り絞るように私は声を出した。部長は首脳陣をぐるっと見渡してから、もう一度私の顔を覗《のぞ》き込む。

「いいかね。大切なことだからちゃんと答えなさい。もし嘘《うそ》をついたりしたら、君はとても困ったことになるだろう」

もって回ったその台詞に、私はピクリとも動けず目を見張る。立ったままこちらを向いている役員達の後ろで、頭取は椅子《いす》の背を軋《きし》ませて煙草を吸っていた。

「この印鑑は、偽の定期預金証書に押してあった印鑑と同じものだ。どこにあったと思う？」

部長のぶ厚い唇が動くのを、私は不思議な気分で見ていた。いったいこの人は何を言っているのだろう。私に何を言わせたいのだろう。

「君の机の裏側に、ガムテープで張って止めてあった。君が隠したのかね」

「いいえ……」

「では、どうしてそこにあったのだと思う？」

「分かりません」

私の簡潔な答えに、役員達は顔を見合わせた。

「いいかね、もう一度聞くよ。今正直に全部話せば、君のことは悪いようにはしない」

「…………」

「私達は君が証書の偽造をできるほどの知識がないことは分かっている。だからこそ聞いているのだ。誰の仕業《しわざ》かね？　知っているのじゃないか？」

そこまで言われて、私はやっと自分が置かれている状況を把握《はあく》することができた。この人達は見つかった糸口から首謀者をたぐりよせようと必死なのだろう。

「知りません」

「本当かね？」

「本当です」

「では、質問を変えよう。君は鈴木サユリ君に何か相談を持ちかけられたことがあるんじゃないかね？」

私は部長の台詞に、顔を上げた。

「偽造証書の筆跡は鈴木サユリのものだった」

部長ではなく、私の背後から男の声がした。振り返ると、私を調べた監査員の男が腕組みをして私を見下ろしている。

「彼女を問い詰めたら、部下の鈴木深文が自分に怨《うら》みを持ち、陥れようとしてやったのだと言うのだ。しかしそれではどう考えても理屈が通らない。君達は共犯なのか？　それとも」

そこで役員室のドアが、ノックされた。ドアの外から「連れて参りました」という声がする。ゆっくり扉が開くと、先程の私と同じように両腕を摑《つか》まれたサユリさんが立っていた。

「……サユリさん……」

思わず立ち上がると、彼女は私に虚ろなまなざしをちらりと向け、その後はうつむいたきりだった。

　サユリさんは私の斜め前に座らされ、膝《ひざ》の上で組んだ手に視線を落としている。彼女も私服で、髪が起きぬけのままのように乱れていた。

「どちらの鈴木君も、もう隠し事はやめたまえ」

　次は専務が口を開いた。

「何もかも正直に話すんだ。金額もそう大きなものじゃないし、警察にもまだ通報していない。頭取も事情によっては放免すると言っている」

　私は混乱して、馬鹿みたいに口を開け、専務の立派な口髭《くちひげ》を眺めた。サユリさんは何を言われても、ただじっとうつむいているだけだ。

「サユリ君にもう一度聞くよ。深文君の机の下に印鑑を隠したのは君かね？」

　何も聞こえなかったかのように、彼女は微動だにしない。

「君は深文君が自分の筆跡を真似《まね》て証書を作ったと言ったが、それは嘘《うそ》なのだろう？全部君ひとりでやったことなのかね？　それとも、そうするように指示した、あるいは命令した男がいるんじゃないか？」

　彼らは裏に操っている男がいるのではと考えているようだ。そういえば、前に銀行から大金を引き出して捕まった女行員の陰には、当たり前のように男がいた。サユリさんの場合もそうだと考えるのが自然なのかもしれない。

私は依然として下を向いているサユリさんの横顔を見た。どういう事か分からないが、彼女が私に罪をなすりつけようとした事は確かだった。そんなに私が憎いのかと、摑《つか》みかかって問い質《ただ》したい気持ちを、私はぐっと堪える。

その時、うつむいていた彼女が幽霊のようにふうっと顔を上げた。私と目があうと、静かにテーブルへ手を伸ばす。あっと思った時には、テーブルの上にあったガラスの灰皿が、私の頭めがけて振り下ろされた。

反射的に避けたが遅かった。

つむじのあたりにずんと音が響き、すぐそれは激痛に変わる。

慌てて頭を両手でかばうと、もう一撃ずっしり重い灰皿が打ち下ろされた。

「や、やめんかっ、君っ」

「それを取り上げろっ」

突然暴れ出したサユリさんを、役員達は慌てて押さえつけた。男達に腕や肩を押さえつけられた彼女は、人間ではないような高い叫び声を上げる。

「みんな、あんたが悪いのよっ!」

壁際に押さえこまれたサユリさんは、牙《きば》をむかんばかりに私に向かって吠《ほ》えた。

「あんたが岡崎と寝てることは、知ってんだからねっ!　このスベタっ!」

役員達はサユリさんの台詞《せりふ》に、一瞬手を止めた。その隙に彼女は手近の男を突き飛ばし、私目がけて襲いかかる。髪を掴まれ、私はいやという程頰を引っ掻《か》かれた。

「どうしてあんたみたいな、チンケな女に負けなきゃならないのっ！　みんな、あんたと岡崎のせいよっ！」

サユリさんの手が、もう一撃しようと振り上げられる。そのとたん、彼女は男達の手に捕まった。

「手におえん。警察だ。警察を呼べっ」

「警察は駄目だ。医者を呼んで来いっ」

「とにかく、こいつらを離すんだっ」

私は誰かに腕を引っ張られ、強引《ごういん》に役員室から外へ連れ出される。何度も振り返った私の目に、役員達に組み伏せられ猛獣のような叫び声をあげているサユリさんが映った。スカートがたくしあがり、ハイヒールの足からももにかけてストッキングが大きく破れていた。その姿は、まるで強姦《ごうかん》の現場のようだった。


その後私は小会議室に軟禁された。

あれこれ岡崎のことを聞かれるのかと思っていたら、いつまでたっても誰も会議室にやって来なかった。ドアをそっと開けてみると、見張り役らしい係長が、パイプ椅子に座って雑誌を読んでいた。会議室は廊下の突き当たりだし、窓もない。どうやら逃亡は難しいようだ。

私は会議室の椅子に座って、まだ高ぶっている心臓を押さえた。私は彼女の鬼のような形相を頭から追い払うことができず、両手で顔を覆う。

灰皿で殴られたところが、ずきずきと痛んだ。サユリさんが叫んだ事が、何度も何度も頭の中をエコーする。あんたのようなチンケな女に、岡崎を取られるのは我慢ならない。そう聞こえた。確かにそうだった。

どうやって私と岡崎の仲を知ったのかは分からないが、とにかく彼女は私に岡崎を取られたと思ったのだ。

私は再び、顔を覆った。説明したところで分かってもらえないだろうが、誤解だと私は胸の中で繰り返した。何故分からないのだろう。岡崎は誰のものにもならないのだ。

いや、そうじゃない。私は首を振った。

サユリさんは岡崎の気持ちが離れていったことよりも、私に負けたことが悔しかったのだ。チンケな女と言った。あれは本音だ。あの人はきっと、初対面の時から私のことをそう思っていたに違いない。サユリさんの天より高いプライドは、足元のミミズ以下だと思っていた女に砕かれたのだ。それで彼女は錯乱するほど私を憎んだのだ。

サユリさんが横領の犯人だというのは本当だろうか。そうだとしても、何故そんなことをしたのだろう。

まず頭に浮かんだのは、彼女の高級マンションだ。あの暮らしぶりでは、サユリさんの給料だけではやっていけない。でも私はパトロンが援助していると思っていたのだ。岡崎はサユリさんにお金を渡していなかったのだろうか。

何故彼女はあそこまで派手な暮らしをする必要があったのだろう。危ない橋を渡ってまで現金が必要だったのは、どうしてなんだろう。

私は両手で肘《ひじ》を抱えるようにして、背中を丸めた。いつまでたっても震えが収まらない。

あんなに他人から憎悪を露《あらわ》にされたのは初めてだった。小馬鹿にされているなと思うことはしょっちゅうだったが、サユリさんは誰も止めに入らなかったら、死ぬまで私を殴ったに違いない。そう思うと、からだ中の血が冷えていく気がした。

気がつくと、手の震えがだんだん激しくなってきていた。心臓の鼓動も早いし、冷たい汗が髪の生え際に浮かんでくる。

また発作が来たのだろうかと私は思った。本気で恐くて、大声で助けを求めたかったが、足も口も言うことをきかない。

私はからだを折って、目をつぶった。

サユリさんの憎しみに満ちた両目が、私を見ている。あんたのようなチンケな女は死ねばいいと迫ってくる。目を開けようとしても瞼《まぶた》が上がらなかった。もう椅子に座っていることもできず、私は崩れるように床に倒れた。

もはや呼吸がうまくできなかった。吐き気と手足の硬直に襲われ私は激しく呻く。薄れていく意識の向こうで、ドアがノックされる音が聞こえた。

「……深文君？　お父さんがいらっしゃったよ……」

お父さん？

ああそうかと私は息をついた。

父は私を助けに来てくれたのだ。私が病気なのを知って、駆けつけて来てくれたのだ。開いたドアに向かって駆けて行きたかったが、私はからだを起こすこともできなかった。意識を失う前に、父が私を呼ぶ声を聞いた気がした。

9

私が会社を辞める決心をするまでもなく、私はもう会社にはいられなくなっていた。備品横領から病気のことまで事情を全て知った父が、私に辞表を書かせたのだ。私を引き止める者は誰もいなかった。送別会も病気を理由に断り、退職の日付まで二週間あったが私はもう会社へは顔を出さなかった。

実家に戻るべく荷造りをする私の中に、もう抵抗軍は姿を見せなかった。淡々とダンボールに荷物を詰め、とうとう食べなかった十個のパイナップルを次々とゴミ袋に入れる私を、手伝いに来た姉が何か言いた気な顔で見ていた。

あの発作を目の当たりにした父は、私に同情的だった。備品の横領や卑猥《ひわい》なイラストについては少々憤慨していたが、やはり自分の娘がストレス性の病気にかかったことが心配でたまらない様子だった。

しばらく何も考えずに休みたい。それが正直な気持ちだった。意地という抵抗軍は、病気の前には無力だった。私はひとりきりの自由な時間より、今は保護されることを望んでいた。

　退職の日、私は午後の二時ぐらいに金庫へ行った。本当はもう二度と事務所に顔を出したくなかったのだが、荷物もあるし一応挨拶《あいさつ》ぐらいしないわけにはいかない。最後の務めだと諦《あきら》めて、私は事務所の扉を開けた。

　事務所には、ぽつぽつとしか人がいなかった。外出や会議に出ている人が多いこの時間を、私は選んで来たのだ。私の顔を見て、日比野が反射的に立ち上がった。けれど私は彼女を無視して上司達に挨拶して回った。私が頭を下げると、皆一様に「いやなに、お大事にね」と口ごもっていた。ロッカーに置いてある靴やら化粧品を取りに更衣室へ行くと、ほどなく日比野が顔を見せた。

「深文《みふみ》さん」

　呼ばれても私は振り返らなかった。黙々とバッグに荷物を入れる私を、日比野がしつこく呼ぶ。

「深文さん、あの」

「……なに？」

　仕方なく顔を上げると、日比野が珍しくしゅんとした表情をしている。今さらそんな顔をしても無駄だと言ってやろうかと思った時、彼女は意外なことを言い出した。

「深文さんの病気って、お酒飲んじゃいけないんですか？」

「え？」

「よかったら、今日飲みに行きませんか？」

私はバッグを足下に置き、日比野の顔をしみじみ眺めた。いったい何を思って私を誘っているのだろう。

「行かないよ。お酒を止められた覚えはないけど、五時まで待ってるなんて御免だ」

今の私には日比野の機嫌を取る必要はなかった。彼女は私の冷たい言い方に少し傷ついたようだった。けれど、私は平気な顔で鞄《かばん》のチャックを閉める。

「じゃ、じゃあ、私早退けします。お酒じゃなくていいから……あの、話したいことがあるんです」

「聞きたくないよ」

私はよいしょと鞄を担いで、日比野の横を通り過ぎた。ドアに手をかけた私を慌てて彼女が呼び止める。

「岡崎さんに、伝言を頼まれてるんです」

その名前に私はノブを回す手を止めた。ゆっくり振り返ると、彼女は悲壮な顔でこう言った。

「異動になったんです。岡崎さん」

だろうなと私は思った。直接は何も手を下したりはしなかったが、あの陳腐な騒動の原因は岡崎にあるのだ。

私が何も答えずドアを開けると、背中から日比野の声が追いかけてきた。

「これから頭取《とうどり》に挨拶するんですよね。私、着替えて下で待ってますから」

頭取に形だけの挨拶をしてエレベーターで下りると、私服姿の日比野が待っていた。振り切って帰ればよかったのに、そうしなかったのは、今の私にも多少の好奇心が残っていたのかもしれない。

あまり日比野が飲みましょうよとしつこいので、私は駅の裏にある蕎麦屋《そばや》に日比野を連れて行った。以前、岡崎に教えられた店だ。

天ざるとビールを頼んで、私達はテーブル越しに向かい合った。

「サユリさんは、懲戒免職になりました」

しおらしくうつむいて、日比野はそう切り出した。私には何故日比野がしゅんとしているのかまるで分からなかった。嫌いな先輩が同時にふたりいなくなったのだ。もっと嬉しそうな顔をしてもいいのに。

「深文さんが会社で倒れた日に、サユリさんも具合を悪くしたそうですね。あれからサユリさんは一度も事務所に来ないままで……三日ぐらい後でサユリさんが懲戒免職になることが決まって、それで私、サユリさんが犯人だって分かったんです。上の人は何も言ってくれないけど」

なるほど、サユリさんが私を灰皿で殴り殺そうとしたことは、下々の者には広まっていないらしい。

「サユリさんの荷物は、秋田の伯母さんという人が取りに来たんです。どうして親が来なかったのかは分からないですけど。サユリさんは秋田の病院に入ってるって聞きました」

「ふうん」

「岡崎さんに異動の辞令が出たのが、サユリさんの免職が決まったのと同時だったんですよ。だから、私きっと岡崎さんも何か絡んでるんだと思って、本人を捕まえて聞いてみたんです」

そこでテーブルにビールが届いた。キリンのマークがついたコップに、日比野がビールを注いでくる。

「そしたら、彼、あっさり認めたんですよ」

ビールを半分ほどごくごくと飲んで、私は日比野に質問した。

「なにを？」

「サユリさんと岡崎さんって、ずっと付き合ってたんだって」

なんだそのことかと、私は肩をすくめる。

「驚きませんね」

「驚いてるよ」

「あのふたりはねえっ」

テーブルに乗り出して、日比野は岡崎に聞いたことを喋《しゃべ》り出した。

彼らは岡崎が配属になった直後から付き合いはじめた。意気投合したふたりは、お金を出し合って部屋を借りようということになったらしい。それであのマンションを借りた。サユリさんにしてみれば、これで岡崎が自分の家ではなくここに居ついてくれれば、今の妻と離婚して自分と結婚してくれるんじゃないかと思った。

ところが、最初は熱心だった岡崎が、次第にふたりで借りた部屋に足を運ばなくなっていった。元々見栄張りな彼女は、彼を引き止めるため高価なプレゼントをしたり、自分の身を飾ることにエスカレートしていった。

それでもしばらくの間、岡崎はサユリさんがヒステリーを起こす前に彼女の部屋へ顔を出して機嫌を伺っていた。けれど、会えば会うほど岡崎の気持ちは彼女から離れていき、一年ほど前に、岡崎は半分出していた家賃を払うのをやめた。

それは岡崎からの訣別《けつべつ》の意思表示だった。けれど、サユリさんは引っ越す様子もなくあの部屋に住み続け、岡崎が戻って来るのを待っていた。

そこの家賃は、サユリさんの給料の三分の二以上だった。最初のうちは貯金やクレジット会社で借りたお金で生活していたが、そんなことが長く続けられるわけがない。かと言って、そのマンションを離れたり、安い服を着ることはプライドが許さなかったのだろう。だから、岡崎は横領の噂《うわさ》を聞いて、彼女の仕業ではないかと思っていた。

これらのことを全部彼女が役員に喋《しゃべ》ってしまったので、自分は左遷《させん》されるのだと岡崎は言ったそうだ。

私は日比野の長い話を、天ざるを食べながら聞いていた。日比野が多少話を誇張しているにしても、だいたいは本当のことだろうなと私は思った。

「伝言って、そのこと?」

「はい。深文さんにも言っておけって。真相が分からないままじゃ、落ち着かないだろうからって言ってましたよ」

余計なお世話だと私は胸の内で呟《つぶや》いた。

「あと、これを渡してくれって」

日比野はポケットを探ると、何かを私に差し出した。腕時計だ。私があのホテルに忘れていった腕時計。

「……どうも」

私は差し出された時計を受け取って、無造作に手首に止めた。その様子を日比野がじっと見つめる。

「それ、深文さんのですか？」

「そうだよ」

しばらく考えて、彼女は質問を重ねる。

「深文さんって、岡崎さんと寝たんですか？」

「そうだよ」

本当は寝ていないのだが、もう寝たのといっしょだろう。

私に淡白に返事をされ、日比野の方が動揺しているようだった。自分のコップにビールを勢いよく注《つ》ぎ、溢れた泡がテーブルを濡《ぬ》らした。

「日比野さんは、岡崎さんと寝たの？」

今度はこちらが聞く番だった。私の顔を唇を尖《とが》らせて見ていたかと思うと、日比野はこっくり頷《うなず》く。私は大きく溜《た》め息をついて、テーブルに頬杖《ほおづえ》をついた。

あのスケベ野郎。よくもしゃあしゃあと「誓って寝てない」なんて言ったもんだ。

「でも私、本当に岡崎さんのことが好きだったんです。前に岡崎さんのこと相談した時泣いたのも、深文さんが独占できないなんて言うから」

私はムキになって自己弁護する日比野を、軽蔑《けいべつ》半分哀れみ半分で眺めた。岡崎はあのサユリさんを落としたぐらいの男だ。この子なんか惚《ほ》れさせるのは、ちょろいものだっただろう。

「私、岡崎さんのこと話せるの、結局深文さんしかいないから……」

「もう帰るよ」

私は話の腰を折るようにして立ち上がった。お財布から千円札を二枚出してテーブルに置く。

「深文さんっ」

歩きかけたところで呼ばれて、私は振り返る。

「なんだよ、もう」

「そんなんだから、そんなんだからっ」

日比野の顔が怒りのせいか、真っ赤に染まってくる。彼女の震える唇からどんな言葉が出るのか、私は待ってみた。

「そうやって、いつも人を馬鹿にしているから、皆に嫌われるのよ！」

日比野の大声に、店中が驚いてこちらを見た。

「一度も深文さんは、私に心を開いてくれなかったじゃないっ！　だから、私……」

日比野のくさい台詞《せりふ》を背中に聞きながら、私は店を出た。梅雨《つゆ》のどんより曇った空は、今にも雨を落としてきそうだ。

これから先も私が日比野を好きになることはないだろうが、彼女は彼女なりに懸命《けんめい》なのだろうと私は思った。微《かす》かに後悔の念が胸をよぎる。けれど、虫がちらりと止まって飛んで行くように、良心の呵責《かしやく》はすぐにどこかへ行ってしまった。日比野は万人から好かれることを夢見ていたのかもしれない。そんなことは絶対にあり得ないことなのに。

だから、岡崎みたいな男に騙《だま》されるのだと私は口の端で笑ってみた。だが、その笑いは大きな溜め息に消されてしまう。

日比野のことは言えない。

私だって、あの男を好きにならずにはいられなかったのだから。

実家に戻っても、私の病気は良くならなかった。

会社を辞めてから、私は実家で文字どおり何もしないで過ごした。家の手伝いも、絵を描くことも、買い物も読書も、テレビさえもほとんど見なかった。ただじっとベランダに腰を下ろし（自室にこもっていると、しつこいぐらい家族が様子を見に来るのだ）庭の木や草を眺めていた。精神安定剤の中に入っている睡眠薬のせいで、私はいつも朦朧《もうろう》としていた。輪郭のぼやけた風景は、とても美しく見えた。

もう、私を責める人は誰もいないし、やりたくない事は何もしないでいいのだ。私は全ての義務から解放され、代償として全ての権利を放棄した。

もう私を苦しめる者はいないのに、私は時々発作を起こした。発作は大抵午前中に起こる。家族がきびきびと働いている時間に、私は胸を押さえて倒れるのだ。自分だけが食べて寝るだけの毎日を送っていることに、無意識に引け目を感じているのかもしれない。けれど、自分の茶碗《ちゃわん》も洗わない生活を改めようとは微塵《みじん》も思わなかった。

病気という逃げ場は、とても快適な安全地帯だった。もちろん発作は苦しいし、頭のハゲも鏡を見る度うんざりする。けれど、治したところでどうなるのだ。また働きに出ても、私は同じことで躓くのだろう。

「深文」

窓のそばに座って、ガラスを流れる雨を眺めていると、後ろから名前を呼ばれた。ゆっくり振り向くと、姉がドアから顔を覗《のぞ》かせている。

「電話よ」

「出ない」

それだけ言うと、私はまた窓に目を戻す。

「あんたねえ。誰からぐらい聞いたら？」

呆《あき》れたような彼女の口調にも、私は動じなかった。電話には出ないと、私は心に決めているのだ。

露骨に溜め息をついて姉が行ってしまうと、私は立ち上がって窓を開けた。特に理由もなく手を差し伸べて、水滴を掌に受け止めた。

実家にこもり始めて、一ヵ月が過ぎた。まだ両親は私を腫《は》れ物を扱うようにして接してくるが、姉は私に批判のまなざしを向けるようになってきた。夕飯の用意をしながら、姉が母に文句を言っているのを私は聞いた。お父さんとお母さんが甘やかすから、深文の病気が治らないのだと姉は言っていた。

「深文、ちょっといい？」

再び姉に声をかけられて、私は開けていた窓を閉めた。顔や腕にかかった水滴をシャツで拭《ふ》き、私はソファに腰を下ろす。

「どうして、電話に出ないの？」

姉は小さい子供に聞くように、優しい声で聞いてきた。私は無言で彼女から視線をそらす。

「電話、誰からだと思ってるの。天堂君よ。何度もかけてきてくれてるのに、どうして出てあげないの？」

「出たくない」

「天堂君と喧嘩《けんか》でもしたの？　もう彼のこと、嫌いになったの？」

姉の質問に、私はまた黙秘権を使う。しんとしたリビングに、雨の降る音だけがパタパタと響いた。姉は頭を振ると、私の隣に腰を下ろした。

「岡崎って男の人からも、時々電話があるわよ。お父さんに、その人の電話は取り次いじゃいけないって言われてるんだけど、もしかしたら、その人の電話には出たい？」

声を落として彼女は聞いた。私は苦笑いを浮かべて首を振る。

「そう」

姉は溜め息まじりに、ソファの背に寄りかかった。肘当《ひじあ》てに頬杖《ほおづえ》をつき、私をじろじろと眺めた。

「あんた、これからどうするつもりなの？」

優しかった口調が、刺《とげ》をもったものに変わる。私はそれでも姉の方を見たりしなかった。

「そうやって一生、うちにこもってるつもり？　いずれお父さんとお母さんは歳取って死ぬのよ。そうなったら、誰があんたを食べさせるの？」

「…………」

「意地悪で言ってるんじゃないのよ。あんたは妹だもの、働けないのなら食べさせてあげる。でもね、それならそれで、少しでもできることをしなさいよ」

どう言われても、私は平気で窓を見ていた。しばらく間があって、姉が立ち上がる気配がした。すたすたと部屋を出ていく足音の後、力まかせにドアが閉められた。

それでも私は、傷ついたりしなかった。誰が宥《なだ》めてもすかしても、私の胸に響く言葉はなにひとつなかった。

そんな私のところに、ある日意外な訪問者がやって来た。

連日降りそそいでいた雨がやみ、ぽっかり晴れた梅雨《つゆ》の合間の日に、なつ美の夫が子供を連れてやって来たのだ。

驚いたのは私だけではない。家族もいったい何事かと目を丸くしていた。玄関に立ったヤギおじさんは子供を片手に抱き、空いた方の手で頭をぽりぽり掻《か》いた。深文さんがどうしても電話に出て下さらないので来てしまいましたと、彼は恐縮して言った。私が何か言う前に、彼以上に恐縮した家族が、ヤギおじさんを家に上げてしまった。

勧められたソファに彼が座ると、母と姉が赤ちゃんを預かっていましょうかと申し出た。彼女達は赤ん坊を抱き上げると、姉の子供と対面させる。赤ん坊に姉の子供は興味をしめし、そっと頭を触ったりしていた。その様子に皆が目を細め、場が和《なご》やかになった。

父が気をきかせて、天気がいいから庭に出ようかと子供達に話しかける。私となつ美の夫を残して、彼らは居間のサッシを開け放って庭へ出て行った。

「突然押しかけてきて、本当にすみません」

皆の背中を見送ると、彼は私に頭を下げた。

「いいえ……私こそ電話に出なくて……」

バツが悪くて、私は口ごもってしまう。

「からだの方は、大丈夫なんですか？」

遠慮がちに、彼はそう聞いてきた。

「……ええ、まあ」

「お姉さんに病気で退職したと聞いたものだから、押しかけていいものかと迷ったんですがね。迷惑を承知で来てしまいました」

そう言って彼はまた頭を掻く。眼鏡の向こうの両目が人なつっこく細められた。

「なつ美のことですか？」

言い出しにくそうだったので、私から話を切り出してあげることにした。彼が私に話すことといったら、なつ美のことしかないだろう。素直に頷《うなず》いた彼は、決心したように顔を上げる。

「実は、深文さんにお願いがあるのです」

「……お願い、ですか？」

「ええ。実は、なつ美は今日本にいません」

そこで彼は言葉を切る。私は彼の台詞にポカンと口を開けた。

「日本にいないって……どういうことです？」

「月子さんという友達がハワイに住んでいるそうで、そこに行ってしまったんです」

「月子のところに？」

　私は驚いて、身を乗り出した。なつ美の夫は、力なく笑って頷く。

「なんで、また」

「僕にもよく分かりません。何度なつ美の実家に迎えに行っても、彼女は部屋から出て来ませんでした。しばらく冷却期間を置いた方がいいかなと思っているうちに、なつ美は自分の親にも告げずにハワイへ行ってしまったんです」

　彼は胸のポケットから二つ折りにした封筒を出すと、私に差し出した。

「なつ美からの手紙です」

　受け取って、私はそろそろと便箋《びんせん》を取り出した。畳んだ便箋を開くと、そこには見覚えのあるなつ美の字が並んでいた。

　短い手紙だった。これから先何年も日本へ戻るつもりはないこと、謝罪の言葉、離婚届に判を押して役所に届けてほしいということ、ただそれだけだった。便箋の他にもう一枚入っていた紙を広げると、それはなつ美の方だけ書き込んである離婚届だった。

　何を言ったらいいか分からなくて、私は黙ったまま封筒を返した。

「僕は納得できないんです。深文さんに愚痴っても仕方ないんですが、僕は取り返しのつかないような事をなつ美にした覚えはない。謝りたいし、なつ美がどうしたいのかちゃんと聞いてあげたい」

彼は本当に悔しそうにそう言った。そして私の顔を見ると、テーブルに手をついて深く頭を下げた。

「無理なお願いなのは、分かっています。けれど、聞いて下さい」

「はあ」

「深文さんに、なつ美を説得しに行ってほしいんです」

私は彼のつむじを見ながら、今の言葉の意味を考えた。

「説得に行くというと……？」

「ハワイへ行ってほしいんです。もちろん旅費は僕が出します。最初は僕が行こうと思っていました。だけど、何度実家に足を運んでも顔も見せなかったなつ美のことを思うと、仲のいい友達に迎えに行ってもらった方が、なつ美も素直になれると思ったんです」

からだを折って、テーブルに額がつくほど彼は頭を垂れた。私は思ってもみなかったお願いをされて、目をパチクリさせた。

「病気療養している方に、とんでもないお願いをしているのは承知です。今すぐ返事が頂きたいわけでもありません。でも、考えてみて下さいませんか？」

自分より幾つも年下の、それもただの無職の女に遜《へりくだ》っている彼が何だか可哀《かわい》そうになってきた。

「あの、分かりましたから、もう頭を上げて下さい」

それを聞いて、彼はパッと顔を上げた。その嬉《うれ》しそうな顔に、私は慌てて釘を刺す。

「行くって決めたわけじゃないですよ。ただ、考えてみようと思っただけで……」

「いいです。いいんです。よろしくお願いします」

なつ美の夫は安堵《あんど》の息を吐いて、眼鏡を外した。眼鏡を取ると、意外に精悍《せいかん》な顔をしている。

庭から高い笑い声が聞こえて、私達は同時に窓の外へ顔を向けた。芝生の上で、なつ美の赤ん坊と姉の子供が、小熊のようにじゃれあっていた。その周りで父達が歓声を上げている。

「羨《うらや》ましいな」

ポツンと彼はそう呟《つぶや》いた。

「僕は、ああいう幸せを築きたかっただけなんです。なつ美も結婚前は同じことを言っていたのに。僕は何を間違ってしまったんでしょうか」

彼の質問に私が答えられるはずもなく、私はただ黙って日だまりで遊ぶ家族を眺めた。

なつ美の夫が私に会いに来たことがきっかけになって、私は天堂のことを考えるようになった。

それまで胸の中のブラックボックスに仕舞いこんでいた感情が、カチリと鍵をあけて勝手に出てきたような感じだ。

天堂は、私に何を望んでいたのだろうと私は考えた。彼はほとんど私に何かを要求したことがなかった。唯一彼がしたことは、あの不意打ちで遠回しなプロポーズだけだった。天堂もなつ美の夫のように、ただ芝生の上で転げ回る子供とそれを見守る両親の自分達がほしかったのだろう。私はそれを知っていて拒否した。私にそれを望まないでくれと拒否したのだ。

では、私は天堂に何を望んでいたのだろう。考えてみれば、私は天堂に肝心な事はなにひとつ話していないことに気が付いた。実家から無理に独立した理由も、備品横領から始まった会社でのごたごたも、その結果ストレス性の病気になってしまったことも。

私は天堂のことが好きだった。ただ単純にいっしょにいると楽しくて、彼と食べる御飯はコンビニのおにぎりでもおいしくて、彼に抱かれることがとても好きだった。

それなのに、何故私は天堂につらい気持ちを打ち明けたりしなかったのだろう。みっともない自分を見せるのが恥ずかしかったからだろうか。甘えて嫌われるのが恐かったのだろうか。

私は夜中のベッドの中で、暗闇《くらやみ》を見つめながら考えた。

天堂からは、まだ一日おきぐらいで電話がかかってきている。私が電話に出たら彼は何と言うだろう。そして私は何と答えるだろう。

私は枕《まくら》に顔をこすりつけて、唇を噛《か》んだ。

よりを戻すなら今しかないことは分かっているのだが、私にはどうしても天堂が他の女を抱いたことを忘れることができなかった。

一度天堂のことを考えてしまったら、私は何日たっても彼のことを頭から追い出すことができなくなってしまった。

苛々《いらいら》して爪ばかり噛み、じっと座っていられなくて家の中や庭をうろうろ歩き回った。気持ちがどんどん下り坂を下りていくのにしたがって、私は次第にハワイへ行ってみようかという気になってきていた。

幸いここのところ発作も起こっていない。耳の上のハゲた部分も、まわりの髪が伸びてきてうまい具合に隠れたので、これなら外へ出るのも恥ずかしくない。

恐る恐る姉に相談すると、彼女は意外にも大賛成してくれた。ひとりで行かせるのは心配だという両親に、姉は深文がやっと何かする気になったのだから、行かせてやるべきだと説得してくれた。

　家族の許しが出たその晩、私は久し振りに電話の受話器を取った。月子にハワイへ行くことを連絡しようと思ったのだ。緊張しながら番号を押すと、呼び出し音が三回で電話がつながった。

「月子？　あの、私。深文」

「深文？　うそ、本当に深文？」

　驚いて答えるその声は、月子ではなかった。

「もしかして、なつ美？」

「そうよ。ああ、誰かと思った。嬉《うれ》しい」

　なつ美は弾んだ声でそう言った。

「月子はどうしたの？」

「今、シャワーを浴びてるの。電話取って英語だったらどうしようって緊張しちゃったあ」

　なつ美の声は、元気そのものだった。私は彼女と喧嘩別れしたきりだったことも忘れて、声をたてて笑う。

「私がハワイに来てること、母に聞いたの？」

「ううん、旦那《だんな》さん」

「えっ？　うちの旦那？」

「そうだよ。突然うちにやって来てさ。なつ美を帰って来るように説得してくれませんかって」

「うそお」

「嘘じゃないって」

私となつ美は高校生のように、きゃっきゃと笑い声をあげた。

「それで、私も近いうちにそっちに行くよ。なつ美の旦那さんがお金出してくれるって言うから」

それを聞いてなつ美は「信じられない」と大袈裟《おおげさ》に声をたてた。

「あの人が、本当にそんなこと頼んだの？」

「うん。謝るから帰って来てほしいって言ってた」

電話の向こうのなつ美は、それを聞いて一瞬笑い声を止める。けれどすぐ気を取り直したように口を開いた。

「深文はどうしてたの？　喧嘩《けんか》したっきりだったね。私も自分のことで精一杯で、あの時はごめんね」

「ううん、謝らないで。あのね、私会社辞めちゃったの」

「ええっ？　そうなの？」

「話したいことといっぱいあるんだ。だから、そっちへ行くよ。行っていいでしょ」

「当たり前じゃない。早く来なさいよ。こっちは最高よ。みんなで泳ぎに行こう」

なつ美の何気ない言葉が、胸に痛いほど染みた。涙が出てきてしまって、私は慌てて明るい声を出す。

「そうだ。月子が日本人のサーファーに騙《だま》された話は聞いた？」

「聞いた、聞いた。ほっんと、月子って懲《こ》りない子よねえ。外国来てまで男に騙されちゃうんだから」

あっけらかんとなつ美が笑う。

「でもさ、深文。聞いてよ」

「なに？」

「どうしてそう簡単に騙されちゃうのよって思うじゃない。でも、月子にそのサーファーの写真見せてもらって納得しちゃった。うちの旦那なんかその人に比べたら原始人よ」

「そんなに恰好《かっこう》いいの？」

「さすが詐欺師《さぎし》ってぐらい、恰好いいわよ。あれなら、私も騙されてみたかったわ」

大真面目なつ美の台詞に、私は笑った。サーファーとは程遠い容姿だが、何故だか岡崎の顔がちらりと頭をよぎる。ああいうタイプの男になら、確かに私も騙されてしまうかもしれない。

「それで、月子はどうなの？　少しは元気出たみたい？」

「うん。さすがに失恋し慣れてる人は立ち直りも早いみたい。でも、そろそろ日本に帰るって言ってるよ。それを私が見捨てないでって引き止めてるの」

「なんだ。じゃあ、私が帰る時三人でいっしょに帰ろうよ」

「そうね……それがいいかもしれない。とにかく早く来なさいよ。ハワイなんか手ぶらで来ればいいんだからね」

日にちが決まったらまた連絡すると言って私は電話を切った。電話の前に立ったまま、私は高鳴る心臓をそっと宥《なだ》めた。発作の前のような、不吉な鼓動ではなかった。私は嬉しくて楽しくて、わくわくしていた。こんな感じは本当に久し振りだった。

私は南の島の青い空を思った。どこまでも続くパイナップル畑を思った。かつて、逃亡しようかと考えた夢の国は、どんな所だろう。学生の頃のように、三人で遊び回りたい。そうできたらどんなに楽しいかと私は思った。

現金なもので、遊びに行くと決めたら、どんどん体調も気持ちも上向きになってきた。

やはり行かせないと両親が言い出すのが恐くて、私は少しずつ家事を手伝うことにした。洗濯物を干し、今まで寄せつけなかった姉の子供の手を取って散歩にも出た。家族は私の回復振りを手放しで喜んだ。私にしてみれば、別に今までの生活態度を反省したわけではなかったが、とにかく少し動く気になったことは確かだった。

出発の前の晩、すっかり用意の整った旅行鞄《かばん》に、まだお菓子やらウォークマンやらを詰めていると、居間の電話が鳴った。誰かが出るだろうと思っていたら、いつまでたっても呼び出し音が鳴り続けている。そういえば、両親は知人の結婚式に出かけ、姉夫婦は兄の誕生日だからと、さっき外食に出かけて行ったことを思い出した。

窓の外は、夕方から降り出した雨が強くなっていた。もしかしたら両親が駅まで傘を持って来てほしくて、しつこくかけているのかもしれない。

私は二階から居間へ下りて、電話の前に立った。天堂だったらどうしようと、私は腕組みをする。けれど、一日おきぐらいにかかっていた彼からの電話が、最近減ってきていたことを私は思い出した。

ええいと決心して、私は受話器を取った。

「はい」

名乗らず簡潔にそう言うと、電話の相手は勢いこんで話し始めた。

「深文か？　そうだろ？　深文だろう？」

天堂だった。私は電話の子機を持ったまま、そのままそこにへなへな座った。

「返事してくれ。深文だろう？　俺だよ、天堂だよ」

「……うん」

「よかった。やっと、電話に出る気になってくれたか。涼子さんが、深文は電話恐怖症になってるなんて言うからさ。手紙でも書こうかと思ったんだけど、いざ書こうとすっと何にも書けないんだよ。文才ないんだよな」

天堂はこんなにお喋《しゃべ》りだったかなと思いながら、私は受話器に耳を当てた。

「からだはどうなんだ？　発作はまだ起きるのか？　いや、それより、どうして黙って引っ越したんだ。会社だって、辞めるなんて一言も言ってなかったじゃないか」

天堂の少し掠《かす》れた声は、とても懐かしかった。声とともに、彼の手の感触や、林檎《りんご》のような汗の匂《にお》いを思い出す。胸のうちで、風船がどんどん膨らむような、そんな苦しい気持ちになってきた。

「深文？　聞いてるのか？」

「……聞いてる」

「一度、会いに行っていいか？　話したいことが沢山あるんだ」

話したいこと、私も沢山あるよ。そう言いたかったけれど、言葉にならなかった。

「どうした？　もう俺なんかに会いたくないか？　結婚のことだったら、急に返事が欲しいわけじゃない。それとも、もう俺の顔なんか見たくないなら、そういうふうに言ってくれ」

「……そうじゃない。私もテンに会いたい」

頭で考えるより先に、その言葉が口から零《こぼ》れ出た。言葉といっしょに、涙も頬《ほお》に転がり落ちる。

「でも、だめなの。私、怒ってる」

「どうして？　何をそんなに怒ってるんだ？　言ってくれなくちゃ、分かんねえよ」

「薄野のマリーちゃん」

そう言ったとたんに、電話の向こうの天堂は絶句した。いやな感じの間があく。私は彼が何か言う前に先に口を開いた。

「私、明日からハワイへ行くんだよ」

「……旅行か……？」

天堂の声は、可哀《かわい》そうなぐらい震えていた。

「ううん。私、もう帰って来ないかもしれない。月子といっしょに働いて、あっちでずっと暮らすんだ」

「ほ、本気なのか？」

「もう、いやなの。会社も結婚も親も、なんにもないところに私行く」

そう言って、私は静かに電話を切った。すぐにまた電話がかかってくるかと緊張していたら、もうその夜、電話が鳴ることはなかった。

翌日、私は成田に向かった。

見送ると言ってしつこい家族を何とか説得して、私はひとりでリムジンバスに乗った。

なんせ海外へ行くのは初めてなので、時間に余裕を持って出かけたら、予定より一時間も早く成田に着いてしまった。

私は南ウイングの出発ロビーに座って、紙コップのコーヒーを飲んだ。ロビーは人でごった返していた。やけに子供が多いなと思ったら、今は夏休みだったことに気が付いた。コーヒーを飲んでしまうと、私は椅子の背に凭《もた》れて溜め息をつく。あんなに出発の日を楽しみにしていたのに、いざとなると気分が落ち込んで仕方なかった。

私の目の前で、新婚らしいカップルが自分達の家族と談笑していた。これから新婚旅行へ行く彼らを、皆で見送るというところだろう。私は彼らから目をそらした。家族の見送りを断ったことを、今さらながら少し後悔した。

いや、と私はひとりで首を振った。

私は本当は、天堂が来ることを期待しているのだ。意識はしていなかったが、昨日の晩電話を切った時から、私は天堂が行くなと止めに来てくれることを、本当は期待していたのだ。だから家族の見送りも断り、ひとりで成田にやって来たのだ。どこからか駆けて来る天堂とひしと抱き合う自分を無意識のうちに夢見ていたのだ。

私は本当に自分という人間がいやになった。世の中を斜《しゃ》に構えて眺めているくせに、内心ではテレビドラマのようなハッピーエンドを求めている。

天堂に来てほしい。けれど来てほしくない。矛盾した願いがぐるぐる回り、私は頭を抱えた。

「いたいたっ。おい、深文」

男の人に声をかけられて、私は慌てて顔を上げた。

「やあ、見つかるかどうか、ちょっと心配だったんだけど、会えてよかったよ」

私の前に立って、にこにこ笑っている男を私は口を開けて見上げた。岡崎だった。

「ど、ど、どうしてっ？」

スーツ姿の岡崎は、にやけ顔のままポケットに手を突っ込んで私を見下ろす。

「キミが電話に出てくれないからさ」

「誰に聞いたのっ？」

「ほら、前に月子ちゃんていうハワイの友達に電話をしただろ。彼女に電話して、深文の様子を聞いてみたんだ。そうしたら、今日からハワイへ行くって言うじゃない。お見送りに来たってわけだ」

　ということは、あの時月子の番号を、岡崎はぬかりなく覚えておいたのだ。女の電話番号なら、千でも二千でも覚えられる男なのだ、こいつは。

「どうして、見送りになんか来たんだよ」

　私は立ち上がって、岡崎を睨《にら》んだ。彼はおやおやと肩をすくめる。

「これでも心配したんだぞ。お前がここの病気になって会社を辞めたって聞いたから」

　ここと言いながら、岡崎はこめかみを指でさした。

「悪かったわね」

「やけにつっかかるなあ。せっかく俺が見送りに来たんだ。もっと嬉しそうな顔しろよ」

「やめてよ。私、もう二度と岡崎さんの顔見ないつもりだったのに」

「なんでさ。帰って来たら、また飯でも食いに行こうぜ」

　明るく私の肩を叩く岡崎を、私はしみじみ見つめた。何故、何事もなかったように私を誘えるのだろう。サユリさんを田舎《いなか》へ追い返し、私を頭の病気へ追い込んだ原因は岡崎にもあるのだ。けれど、彼にしてみれば本当に〝何事もなかった〟のかもしれない。

「もう、いいよ」

　私は諦《あきら》めて溜め息をついた。

「何が、もういいんだ？」

「こっちのこと」

私がうつむくと、岡崎は待ってましたとばかりに背中に手をまわしてきた。キスされそうになって、私は慌てて彼を突き飛ばす。

「なんだ、なんだ。女の子のくせに、暴力はいかんな」

よろけたついでに、そこにあったベンチに腰を下ろすと、岡崎は平気な顔で笑った。

「もう、帰ってよ」

「見送るよ」

「誰が見送ってくれって頼んだ？」

私の目に涙が浮かんでいるのに気が付いたのか、岡崎は意外そうに目を丸くする。

「ふうん、そうか」

岡崎はそう呟《つぶや》いて、ベンチから立ち上がる。

「誰か男が見送りに来るのか？」

私はプイと横を向く。

「まあいいや。お前がそんな顔するところなんか見たくないからね」

「早く帰ってよ」

「もう俺が嫌いか？」

真面目な顔で聞かれて、私は内心うろたえる。嫌いなのだと口に出して言えない自分が歯痒《はがゆ》かった。

「……帰ってってば」

岡崎は私をじっと見下ろすと、ふいに笑顔に戻って肩をすくめる。

「俺は、お前が好きだったよ」

私は耳を塞《ふさ》いで、その辺のベンチの下にもぐり込みたかった。

「生憎《あいにく》俺もここの病気だから、お前にいやな思いもさせたけど」

「え？」

顔を上げると、岡崎はこめかみに指をさしていた。ロレックスの巻きついたその手をゆっくり下ろすと、ズボンのポケットに入れた。

「じゃあ、元気でな」

それは岡崎が初めて言った、まともな別れの挨拶《あいさつ》だった。私は軽い足取りでロビーの人込みを抜けていく岡崎を苦い気持ちで見送った。

へなへなとベンチに腰をおろし、私はあたりを見回した。もう私の頭の中には、天堂のことしかなかった。出発間際まで私はロビーで、天堂が現れるのを待った。

出発便のアナウンスが入る。もう行かなくては、飛行機に乗り遅れてしまう。けれど、私は立ち上がれなかった。

天堂に会いに来てほしかった。駆け寄って抱き合い、テレビドラマだろうが何だろうがキスしてほしかった。

最後のアナウンスが入り、私はもう搭乗《とうじょう》することを諦《あきら》めた。そしてベンチから立ち上がる。

私は何故待っていたのだろう。

天堂に会いたければ、私から会いに行けばいいのだ。

彼が来ないのなら、私が行けばいい。

私は右手に握っていた搭乗券をその辺のごみ箱につっこみ、人の肩をつきとばして走り始めた。

天堂に会いたかった。

駆けよって抱き締め、めちゃくちゃにひっぱたいてやりたかった。

10

ゆったりしたハワイアンが流れるプールサイドで、私と月子は並んでデッキチェアーに寝そべっていた。

月子はこんがり焼けて、オレンジ色の水着がよく似合っていた。私は生《なま》っちろい白い肌を少しでも焼こうと、サンオイルをからだ中に塗りたくった。

「それで、深文《みふみ》は天堂さんに会いに行ったわけだ」

「まあね。でもその後がお笑い」

月子はむっくり起き上がると、傍らに置いてあったトロピカルドリンクを取って、ストローをくわえた。

ガラス張りの天井から差し込む光は、直射日光に比べて柔らかい。私達の前を、裸の子供がパタパタと走り抜けていく。その向こうには、旅館の浴衣を着た中年の男がふたり、にやにや笑ってこちらを見ていた。

ここはハワイではないが、ハワイ的な場所ではある。私達ふたりは月子の帰国祝いに、郊外にある温泉に小旅行に来ているのだ。ハワイアンプールと名前がついたその温泉プールは、贋物《にせもの》の椰子《やし》の木と怪しげなトーテムポールに囲まれていた。切符売り場の女の子と掃除のおばさんがムームーを着ているところが泣かせる。

「お笑いって？」

「テンはてっきり金沢にいるんだと思って、私羽田へ車を飛ばしたわけよ。キャンセル待ちで飛行機乗って、金沢に着いてからテンの会社に電話したんだ。そしたら先月から名古屋支店に転勤になりましたって言われちゃって」

「へぇえ」

「それで私、名古屋まで行ったんだ。その時点でもうお財布は空だよ。あとはトラベラーズチェックしかないの」

月子はストローをくわえたまま、ふんふんと頷く。

「名古屋の支店に電話をしたら、今度はなんて言われたと思う？　休みを取って上京したみたいですよ、だって。こんなに走り回ったのに会えないし、お金はなくなっちゃったしで、とうとう私名古屋駅の中でわんわん声出して泣いちゃったんだ」

「深文が泣くなんて珍しい」

「珍しくないよ。月子達の前じゃ泣かないようにしてただけ。それで、周りに人が集まっちゃって、親切なおじさんがどうして泣いてるのって聞いてくるの」

月子の笑顔が、微妙に呆《あき》れた顔に変わってきた。

「事情を全部話したら、そのおじさんがすごく同情してくれて、お金貸してくれたんだ。渡る世間に鬼はないね。それで東京に戻ってテンの実家に電話を入れてみたら、やっといたんだよ」

「感動のご対面？」

「そうなるはずだったんだけどね。会ったとたんにテンが私をひっぱたくの。なんで私が殴られるんだってびっくりしたら、テンが言うわけ。俺がわざわざ成田まで行ったのに、深文が知らない男といちゃついてたって」

天堂はあの日、成田に来たのだ。必死に私を捜してやっと見つけたと思ったら、私が岡崎とキスしようとしていた。それを見た天堂は、そうかあの男とハワイへ行くのかと誤解したのだ。

「誤解だって言ったのに、なかなか分かってくれなくてさ。あんな頑固な人だと思わなかった。だから私も頭に来て、自分だってソープなんか行ったくせにって殴ってやったの。彼も引っ込みがつかないらしくて、もう路上で大喧嘩《おおげんか》。野次馬は集まるわ、終いにはお巡りさんは来るわで」

そこまで聞いて、月子はクスクス笑った。

「でも、いいじゃない。もう仲直りしたんでしょ」

「まあね」

私は溜め息まじりに、飲みかけの缶ビールを手に取った。昼間のアルコールはきく。たかが缶ビール一本で私はいい気持ちになった。

「それで、式は？」

「式なんかしないよ。籍も入れない」

「それって、結婚するって言わないわよ。同棲《どうせい》じゃない」

「いいんだよ。同棲だろうが結婚だろうが」

私はビールを飲み干して、肩をすくめた。

来週、私は天堂の住む名古屋のアパートへ引っ越す。両親は式もしない結婚など許さないと憤慨していたが、これまた姉が説得してくれた。深文がその気になっている時に結婚させないと、あの子のことだから、いつ気が変わるか分からないよと言ったのだ。父も母もそれで口をつぐんだ。彼らだって、私が一生独身では困ると思ったのだろう。

私と天堂は、最近よく喧嘩をするようになった。私達は今まで黙っていた分の文句を、ひとつひとつ思い出してはお互いにぶつけた。私は名古屋に転勤したことを何故早く言わなかったのかと責めたし、天堂は私がゴミ箱に搭乗券を捨てたことをものすごく怒った。常識のある人間は、そういう時払戻しをするものだと目を吊《つ》り上げていた。彼は結構お金に細かいのだということを、私は発見した。

それでも、私達はいっしょに住むことに決めた。決めたというよりは、もう離れて暮らしているのが不自然で仕方なかったのだ。

「それで、専業主婦するの？」

「まさか。バイトにでも行くよ」

「へええ」

「イラストの方も、またぼちぼち描いてるし」

月子は爪先のペディキュアをいじりながら、にやりと笑う。

「前向きじゃない。愛の力は大きいわねえ」

「そうだよ。詐欺《さぎ》サーファーに貢《みつ》いでしまうほど、愛の力は偉大なんだ」

私の厭味《いやみ》に、月子は眉間《みけん》に皺《しわ》を寄せた。

「悪かったわね」

「悪いなんて言ってないよ」

「あんた、全然同情してないでしょ」

「え？　同情してほしかったの？」

わざとらしく驚きの声を上げると、月子は溜め息まじりに首を振った。

「もういいわ。何とでも言って」

「いいのよ。どうせ私、これからも男に騙《だま》されては、皆に馬鹿にされる人生を送るんだわ」

「お、投げやりだね」

ビーチチェアーの上で膝を抱えて、月子がいじけた声を出す。

「まあまあ、そのうち、いいことあるよ」

「家にいると母親がうるさいし、職安は最低だし、いいことなんか全然ないわよ。あーあ、あの男、せめてヴィトンのボストンだけでも返してくれないかしら」

私はげらげら声を上げて笑った。遠慮なく笑う私に、月子はフンと鼻を鳴らす。

「まあいいわ。そのうち、あっと驚く一部上場企業に就職して、ヤンエグでも捕まえるから」

「はいはい。頑張ってね」

「あんたもね」

私と月子は、流し目でお互いを牽制《けんせい》した。

月子はジュースのグラスを置いて、ふいに立ち上がる。恰好《かっこう》のいいお尻《しり》が、目の前に立ちはだかった。

「少し、泳ごうかな」

子供ばかりが泳いでいる、円形のプールを月子は眺めてそう言った。

「さっきのガキが、中でおしっこしちゃったって言ってたよ」

「うへえ」

月子は水際まで歩いて行って、プールサイドに腰を下ろした。膝の下だけ水に浸して、ちゃぷちゃぷ音をたてている。

「ねえ、月子」

「ん？」

振り返らずに月子は返事をした。

「なつ美はどうして、帰って来なかったのかなあ」

「さあね」

私も裸足のままペタペタ歩いて、月子の隣に腰を下ろした。温水プールだからお湯かと思っていたら、プールは意外と冷たかった。

月子が帰国する時、なつ美は結局月子の住んでいた部屋に残ることにしたのだ。工場とガイドの仕事をそのまま引き継いで、向こうで自活している。

「ほら、この前言ったでしょ。なつ美の旦那って話してみたら感じよかったし、なつ美のこと本当に好きみたいだったから、どうしてだろうと思ってさ」

「夫婦には、夫婦しか分からないことがあるんでしょ、きっと」

「大人の発言」

月子は苦笑いを浮かべると、顔を上に向けて目を細める。

「そのうち、帰ってくるんじゃないの」

「まあね、自分の生んだ子供を、そう簡単に捨てられるわけないか」

私の台詞を聞いて、月子はゆっくり首を傾げる。

「さあね。私には子供がいる女の人の気持ちなんか想像もつかないけどさ。あそこは天国だったから」

私は月子の言っている意味が分からず、彼女の顔を見た。

「生きてる人間が、天国に住むのはつらいよ。あそこは本当になんにもないんだから」

欠伸《あくび》まじりに言う月子を、私は少ししんみりした気分で眺めた。

「泳ごうかな」

ゆらゆら揺れる水の模様が綺麗《きれい》で、私はそう呟いた。

「さっき、おしっこした子供がいるって言ってたじゃない」

「でも、泳ごう」

私はプールの中に下り立ち、頭の先までちゃぽんと水に潜った。からだを縮めてから壁を蹴り、水の底をゆっくり進む。

銀色に光る水面に、浮き輪で浮かんだ子供の足がいくつも見えていた。それが微笑《ほほえ》ましくて思わず笑うと、口から小さな泡がぽこぽこ空へのぼって行った。

ふと私は、これからのことを思った。

いつかまた、天国へ逃げたいと思う日が来るのだろうか。

その時、私はどうするだろうなと、泳ぎながら考えた。

同じことで躓《つまず》き、同じことで嘆くのだろう。

面倒だなとは思ったが、まあまだ起こっていない災難のことを考えるのはやめておくことにした。

息が苦しくなったので、私は足をついて水面に顔を出した。プールサイドでは、月子がまだ飽きずに足で水を蹴っている。

今日は飲むぞ、と私は思った。

べろべろに酔っぱらい、天堂が寝た頃を見計らって電話をしてやるのだ。怒るだろうなと思ったら、私はすごく幸せな気分になってしまった。

あとがき

ハワイという所は、私にとってちょっと特別な場所である。

私は高校生の時、いつかハワイへ逃げよう、という漠然とした夢を持っていた。遊びに行くのではなく、新婚旅行で行きたいのでもなく、そこへ私は〝逃げよう〟と思っていたのだ。

具体的な理由は特になかったのだが、高校生の私は毎日がつらくてたまらなかった。成績は普通、友達もいる、苛めにあっているわけでもない、家族とも問題はない。それで毎日が「つらい」なんて言うのは甘えでしかないと自覚していたので、口に出すこともできなかった。原因が分かっていたら対処のしようもあるが、その理由が自分でも分からないだけに余計につらかった。

その頃私は、一枚のレコードに出会った。かまやつひろしの『パイナップルの彼方へ』というアルバムだ。今では大して珍しいことではないが、当時はそれがハワイで録音されたというだけで、かなり変わっているアルバムだった。

ジャケットの表側は、夕暮れのハワイの空、裏側は赤いコンバースのハイカットの写真だった。私はジャケットをうっとりと眺め、毎晩そのレコードを聞いて眠った。録音されている波の音に耳を澄ますと、何故だかとても気持ちが落ちついた。

今ほど海外旅行へ簡単に行けるような時代ではなかっただけに、ハワイに対する憧れは大きくなった。そこに行きさえすれば、きっと救われるのではないかと根拠もなく思い込んだのだ。

その馬鹿な妄想は、大人になっても消えなかった。それどころか会社勤めを始めると、高校時代に聞きすぎて擦り切れたLPレコードを引っ張りだして録音し、満員電車の中ウォークマンで聞いたりした。


今なら分かることが沢山ある。私は何から逃げだしたかったのか。それは、十代の私が漠然と思い描いていた未来から逃げだしたかったのだ。予想どおりの大学に進学し、予想どおりの企業に就職して、予想どおりの相手と結婚して子供を生み、予想どおりに年老いて死んでいく。思ったとおりに物事が進んで行き、一生そこから出られないことを私は恐怖していたように思う。

ハワイ、という場所は象徴でしかなく、それはウィーンでも北京でもどこでもよかったのかもしれない。育ってしまった国の、自然と身についてしまった価値観、ちょっと気を抜くと襲ってくる実体のない圧力や、細かくてくだらない、でも守らないと人々から浮いてしまう沢山のルール、そういうものから私は逃れたかったのだと思う。

特に会社員をしていた三年間、私は誰か違う人のようだった。誰にも傷つけられないよう、誰にも文句をつけられないよう、私は〝嫁入り前のＯＬ〟という仮面をつけて身を守っていた。

でもきっと、それは私だけではないのだと思う。社会の中でうまく人々の間を渡っていくためには、誰でもが何かしらの鎧を着て、身を守っているはずだ。その鎧を脱げる場所がある人はまだいいが、家でも恋人の前でも脱げない人は多いんじゃないだろうか。

私は今、ワープロの前に座る時だけは仮面を脱ぎ捨てることができる。それはとても幸せなことだ。

けれど、今でもつらいことがあると、何もかもを捨ててドールのパイナップル工場に就職しようかとふと思う時がある。

決して実現しないし、させようとも思っていない妄想が、日常の私を救っている。

それだけでも妄想することは悪いことではないように思う。

一九九五年　十月

山本　文緒

解説　私が「私」であるかぎり

彩瀬まる（作家）

苦い、と強く思ったのをよく覚えている。

山本文緒さんの作品を、初めて読んだとき、私は高校生だった。直木賞受賞作『プラナリア』の表題作を読み、面白さや奥深さを感じるよりも先にその強烈な苦味に驚き、私はまるで初めてさんまのわたを食べた子供のように飛びのいて本を閉じた。そのくらい強烈な読書体験だった。

二十歳を少し過ぎた頃にちょっと臆《おく》しながら『恋愛中毒』を手に取り、こちらは溺《おぼ》れるように、のめり込んで読んだ。あまりの面白さにずっと胸がどきどきしていて、怖くて、楽しくて——そして、大胆で巧みな恋の物語を読み終えたときの印象はやはり、苦い、だった。甘いもの、美しいもの、清らかなもの、正しいもの。世に流通する多くの物語は、そんなわかりやすく人を愉快にするものを描こうとするのに。そういう物語はこちらも安心して読んでいられるのに。どうしてか、この方の物語はとてもとても苦い——というか、その苦さが大切なものとして書かれている気がする。楽しくて苦い。苦いから、少し怖い。山本文緒さんの作品の苦さの仕組みも、奥深さもわからないまま、長いあいだ漠然とそう思っていた。

『パイナップルの彼方』はまだ「女はお嫁に行って子供を産むのが当たり前だ」と考えられていた平成初期の都心を舞台に、そんな社会が要請する型に自身をはめ込めない女性たちが、苦しく試行錯誤しながら自分らしさを保って生きられる場所を探す物語だ。

主人公の深文《みふみ》は父親のコネで入った信用金庫で働いている。多少の癖はあっても扱いやすい女性の先輩のもと、雑用を中心とした単調で落ち着いた仕事をこなし、わずらわしい実家を離れて期限つきの一人暮らしを謳歌《おうか》している。

期限つき、というのは、結局のところ深文の自由な暮らしが、父親に裁量を握られた狭い囲いの中で成り立っているからだ。

お嫁に行ったら、もう二度とひとり暮らしなんかできないんだ。一生に一度ぐらい、ひとりで暮らしてみたい。結婚したら、必ずオトーサンとオカーサンのそばに住むからと、私は毎晩、両親に頭を下げた。（21ページ）

どうしてこんな悲愴《ひそう》な懇願をしなければ一人暮らしできないんだと、今の若い人は不思議に思うかもしれない。でも九十年代当時、自分でお金を稼いで一人暮らしをし、生活を自由にデザインする成人女性のイメージはまだ乏しかった。「結婚して、夫と同居するために実家を出る」のが一般的な（そして要領のいい）道筋だと見なされていたし、そもそも「ずっと一人でも生きていける収入や地位を得られる女性」が圧倒的に少なかった。だから深文自身この自由が期限つきであると、納得せずとも、頭では理解している。

生きづらさを感じているのは深文だけではない。短大時代の友人である月子は恋愛にも仕事にも失敗した挙句、ハワイへ逃げた（そんな月子の逃げるという選択に、深文は苛立《いらだ》ちを感じている）。もう一人の友人なつ美は、「おとなしくて、もの分かりがよくて、（略）童話に出てくるヤギのおじさん」のような、いかにも御しやすそうな男性を戦略的に捕まえて結婚した（やっと親の監視下を抜け出せる年齢になったのに、何故そこまで他人に従属したいのか。なつ美にも、深文はまるで共感できない）。

それぞれの生存戦略をもって抑圧的な現実を泳ぎ抜こうとする三人は、しかしそれぞれの理由で打ちのめされる。現実は甘くない――というより、山本文緒さんの公正で緻密《ちみつ》な筆は、現実を甘くなんて、ぜったいに書かない。

この小説でとても山本文緒さんらしいと感じたのは、深文が抱えた「逃げたい」という欲望と、「逃げない」という意志の闘争だ。仕事に行き詰った深文は、同時期に恋人から求婚される。タイミングよく、と多くの読者は思っただろう。結婚すれば、閉塞《へいそく》的な実家に戻らないで済むし、首尾よく居心地の悪くなった会社を辞められる。いいことばかりだ。しかし深文はそれを喜べない。

こんな私でも、まだ社会に未練があるのか。まだ逃げずに立ち向かっていこうという、ぎりぎりの意地が残っているのか。

八方塞《ふさ》がりだった。

逃げたい私と、逃げない私が、一枚の壁を両方からぐいぐいと押しているようだった。（188ページ）

「逃げたい」と「逃げない」の相克は、実は山本文緒さんの作品で繰り返し描かれる。「逃げる」ことは眩《まぶ》しく蠱惑《こわく》的に描かれ、その概念を体現するような人物も登場する。本作では、岡崎という魅力的だが女癖が悪く、職場の人間関係を徹底的に破壊しておいてけろりとしている食えない男がそうだ。自由で飽きやすく、他人を傷つけることをなんとも思わない恐ろしい人たち。代表作の一つ『恋愛中毒』の創路《いつじ》功二郎、近著では『なぎさ』のモリもその系譜だろう。

彼らに誘惑されながらも、「逃げたくない」と多くの登場人物たちが奥歯を食いしばる。現実との、血のにじむような戦いを始める。なぜか。自分と他者を愛したまま、幸福になりたいからだ。誰かを踏みつけにする以外の方法で、生きていきたいと切実に願っているからだ。

厳しく精緻《せいち》に描かれる現実と、魅力的でしたたかな誘惑者。

これだけでも十分すぎるくらい大きなハードルなのに、山本文緒さんの作品にはさらにもう一つ、登場人物たちが幸福を目指す道筋に、強固なハードルが設けられているように感じる。そしてそのハードルこそが、まだ高校生を竦《すく》ませた、苦味の正体ではないか。

『恋愛中毒』（角川文庫）の主人公、水無月《みなづき》の独白を引用したい。

もしも私が「私」でなかったら、こんなめにあわずに済んだのかもしれないと。生きているのがつらかった。けれど楽になれる手段がどうしても思いつかなかった。（357ページ）

山本文緒さんは自分が描く人々に明確な、当人がたとえそれに苦しんでたとしても、なかなか意志だけでは変えることのできない「性分」を設定する。

深文の自由へのこだわりもその一つだろう。月子の甘い夢に飛びつく癖も、なつ美の追い詰められていく性質も、完璧《かんぺき》であろうとすることをやめられないサユリさんも、自分の望みを言葉で伝えることができない天堂も——そして自分の考え方はどこか他の人間と違うようだと自覚しながら女遊びを続ける岡崎も。自分の性分から逸れることができず、読み手からすれば「どうして、いつの間にこんなことに」という抜き差しならない状況へと流されていく。彼女ら彼らが善人であるか悪人であるか、強者であるか弱者であるかはあまり関係がない。ただ、性分という本人からすれば当然の、他者からすれば「あの人は変わっている」と感じる、それぞれに固有の流れやリズム、人生のとらえ方がある。

当たり前だ、と思うだろうか？　でも、人はとても簡単にそれを忘れる。胸襟を開けば分かり合えるとか、相手の気持ちになってとか、胡乱《うろん》なことを平気で口にする。

山本文緒さんの小説の中で、人々は明確に、性分によって隔絶されている。一人一人がそれぞれの人生、それぞれの衝動から逃れられず、性分が招いた災厄で時に深刻な傷を負う。会話は噛《か》み合わず、心はなかなか通じない。高校生の私がおののいた苦味。それは現実を生きる私たちが常に目を背けていたい真実——人は圧倒的に孤独である、ということではないか。

愛すること、他者と連帯して生きることの喜びを模索しながら、どこまでも隔絶して生きている人々の在り様から目を逸らさない。誰一人として同じ心の形をしていない、安易に慰め合うことすらままならないでこぼこな人々を連れて、彼女ら彼らが深く呼吸して生きられる場所を共に探す。山本文緒さんが魂をこめて読者に見せてくれた戦いは、そういうものだったのではないか。

性分を乗り越えて意思を伝えあうには、適切なタイミングと、配慮と、勇気が必要だ。だからこそ、誰かと心が通うことは奇跡なのだ。人間に課されたいくつものハードルを越えた先の美しい奇跡を、なんども読ませて頂いた。私もでこぼこの心を抱えたまま、気がつけば山本文緒さんが描く孤独な人々の列に加わっていた。本当にたくさんの読者がそうだったはずだ。

私が「私」である限り、私たちは孤独だ。私たちはすれ違う。現実は厳しく、甘いだけの空虚な幻が何度でも人生を惑わせる。

だけど私たちは大丈夫なんだ。その凍てつく戦いの場には、山本文緒さんの小説がすでにあるんだ。

なんて心強く、温かい光だろう。

山本文緒さん、この世にたくさんの光を、ありがとうございました。

本書は、角川文庫旧版（一九九五年十二月二十五日初版）を底本とし、一部表記を改めました。

パイナップルの彼方《かなた》

山本文緒《やまもとふみお》

平成7年 12月25日　初版発行
令和4年 1月25日　改版初版発行
令和6年 11月15日　改版6版発行

発行者●山下直久

発行●株式会社KADOKAWA
〒102-8177　東京都千代田区富士見2-13-3
電話　0570-002-301(ナビダイヤル)

角川文庫 23001

印刷所●株式会社KADOKAWA
製本所●株式会社KADOKAWA

表紙画●和田三造

ISBN 978-4-04-112154-2　C0193

JASRAC 出 2109347-406

◆◆◆

角川文庫発刊に際して

角川源義

第二次世界大戦の敗北は、軍事力の敗北であった以上に、私たちの若い文化力の敗退であった。私たちの文化が戦争に対して如何に無力であり、単なるあだ花に過ぎなかったかを、私たちは身を以て体験し痛感した。西洋近代文化の摂取にとって、明治以後八十年の歳月は決して短かすぎたとは言えない。にもかかわらず、近代文化の伝統を確立し、自由な批判と柔軟な良識に富む文化層として自らを形成することに私たちは失敗して来た。そしてこれは、各層への文化の普及滲透を任務とする出版人の責任でもあった。

一九四五年以来、私たちは再び振出しに戻り、第一歩から踏み出すことを余儀なくされた。これは大きな不幸ではあるが、反面、これまでの混沌・未熟・歪曲の中にあった我が国の文化に秩序と確たる基礎を齎らすためには絶好の機会でもある。角川書店は、このような祖国の文化的危機にあたり、微力をも顧みず再建の礎石たるべき抱負と決意とをもって出発したが、ここに創立以来の念願を果すべく角川文庫を発刊する。これまで刊行されたあらゆる全集叢書文庫類の長所と短所とを検討し、古今東西の不朽の典籍を、良心的編集のもとに、廉価に、そして書架にふさわしい美本として、多くのひとびとに提供しようとする。しかし私たちは徒らに百科全書的な知識のジレッタントを作ることを目的とせず、あくまで祖国の文化に秩序と再建への道を示し、この文庫を角川書店の栄ある事業として、今後永久に継続発展せしめ、学芸と教養との殿堂として大成せんことを期したい。多くの読書子の愛情ある忠言と支持とによって、この希望と抱負とを完遂せしめられんことを願う。

一九四九年五月三日

角川文庫ベストセラー

ブルーもしくはブルー　山本文緒

偶然、自分とそっくりな「分身（ドッペルゲンガー）」に出会った蒼子。2人は期間限定でお互いの生活を入れ替わってみるが、事態は思わぬ展開に……！　読みだしたら止まらない、中毒性あり山本ワールド！

ブラック・ティー　山本文緒

結婚して子どももいるはずだった。皆と同じように生きてきたつもりだった、なのにどこで歯車が狂ったのか。賢くもなく善良でもない、心に問題を抱えた寂しがりたちが、懸命に生きるさまを綴った短篇集。

絶対泣かない　山本文緒

あなたの夢はなんですか。仕事に満足してますか、誇りを持っていますか？　専業主婦から看護婦、秘書、エステティシャン。自立と夢を追い求める15の職業の女たちの心の闘いを描いた、元気の出る小説集。

みんないってしまう　山本文緒

恋人が出て行く、母が亡くなる。永久に続くかと思ったものは、みんな過去になった。物事はどんどん流れていく――数々の喪失を越え、人が本当の自分と出会う瞬間を鮮やかにすくいとった珠玉の短篇集。

紙婚式　山本文緒

一緒に暮らして十年、こぎれいなマンションに住み、互いの生活に干渉せず、家計も別々。傍目には羨ましがられる夫婦関係は、夫の何気ない一言で砕けた。結婚のなかで手探りしあう男女の機微を描いた短篇集。

角川文庫ベストセラー

恋愛中毒　山本文緒

世界の一部にすぎないはずの恋が私のすべてをしばりつけるのはどうしてなんだろう。もう他人を愛さないと決めた水無月の心に、小説家創路は強引に踏み込んで――吉川英治文学新人賞受賞、恋愛小説の最高傑作。

ファースト・プライオリティー　山本文緒

31歳、31通りの人生。変わりばえのない日々の中で、自分にとって一番大事なものを意識する一瞬。恋だけでも家庭だけでも、仕事だけでもない、はじめて気付くゆずれないことの大きさ。珠玉の掌編小説集。

眠れるラプンツェル　山本文緒

主婦というよろいをまとい、ラプンツェルのように塔に閉じこめられた私。28歳・汐美の平凡な主婦生活。子供はなく、夫は不在。ある日、ゲームセンターで助けた隣の12歳の少年と突然、恋に落ちた――。

あなたには帰る家がある　山本文緒

平凡な主婦が恋に落ちたのは、些細なことがきっかけだった。平凡な男が恋したのは、幸福そうな主婦の姿だった。妻と夫、それぞれの恋、その中で家庭の事情が浮き彫りにされ――。結婚の意味を問う長編小説！

群青の夜の羽毛布　山本文緒

ひっそり暮らす不思議な女性に惹かれる大学生の鉄男。しかし次第に、他人とうまくつきあえない不安定な彼女に、疑問を募らせていき――。家族、そして母娘の関係に潜む闇を描いた傑作長篇小説。

角川文庫ベストセラー

落花流水　山本文緒

早く大人になりたい。一人ぼっちでも平気な大人になって、自由を手に入れる。そして新しい家族をつくる、勝手な大人に翻弄されたりせずに。若い母を姉と思って育った手毬の、60年にわたる家族と愛を描く。

なぎさ　山本文緒

故郷を飛び出し、静かに暮らす同窓生夫婦。夫は毎日妻の弁当を食べ、出社せず釣り三昧。行動を共にする後輩は、勤め先がブラック企業だと気づいていた。家事だけが取り柄の妻は、妹に誘われカフェを始めるが。

カウントダウン　山本文緒

岡花小春16歳。梅太郎とコンビでお笑いコンテストに挑戦したけれど、高飛車な美少女にけなされ散々な結果に。彼女は大手芸能プロ社長の娘だった！　お笑いの世界を目指す高校生の奮闘を描く青春小説！

シュガーレス・ラヴ　山本文緒

短時間、正座しただけで骨折する「骨粗鬆症」。恋人からの電話を待って夜も眠れない「睡眠障害」。フードコーディネーターを襲った「味覚異常」。ストレスに立ち向かい、再生する姿を描いた10の物語。

結婚願望　山本文緒

せっぱ詰まってはいない。今すぐ誰かと結婚したいとは思わない。でも、人は人を好きになると「結婚したい」と願う。心の奥底に巣くう「結婚」をまっすぐに見つめたビタースウィートなエッセイ集。

角川文庫ベストセラー

幸福な遊戯　角田光代

ハルオと立人とわたし。恋人でもなく家族でもない者同士の共同生活は、奇妙に温かく幸せだった。しかし、やがてわたしたちはバラバラになってしまい――。瑞々しさ溢れる短編集。

ピンク・バス　角田光代

夫・タクジとの間に子を授かり浮かれるサエコの家に、タクジの姉・実夏子が突然訪れてくる。不審な行動を繰り返す実夏子。その言動に対して何も言わない夫に苛つき、サエコの心はかき乱されていく。

あしたはうんと遠くへいこう　角田光代

泉は、田舎の温泉町で生まれ育った女の子。東京の大学に出てきて、卒業して、働いて。今度こそ幸せになりたいと願い、さまざまな恋愛を繰り返しながら、少しずつ少しずつ明日を目指して歩いていく……。

愛がなんだ　角田光代

OLのテルコはマモちゃんにベタ惚れだ。彼から電話があれば仕事中に長電話、デートとなれば即退社。全てがマモちゃん最優先で会社もクビ寸前。濃密な筆致で綴られる、全力疾走片思い小説。

いつも旅のなか　角田光代

ロシアの国境で居丈高な巨人職員に怒鳴られながら激しい尿意に耐え、キューバでは命そのもののように人々にしみこんだ音楽とリズムに驚く。五感と思考をフル活動させ、世界中を歩き回る旅の記録。

角川文庫ベストセラー

恋をしよう。夢をみよう。旅にでよう。　角田光代

「褒め男」にくらっときたことありますか？　褒め方に下心がなく、しかし自分は特別だと錯覚させる。ついに遭遇した褒め男の言葉に私は……ゆるゆると語り合っているうちに元気になれる、傑作エッセイ集。

薄闇シルエット　角田光代

「結婚してやる」と恋人に得意げに言われ、ハナは反発する。結婚を「幸せ」と信じにくいが、自分なりの何かも見つからず、もう37歳。そんな自分に苛立ち、戸惑うが……ひたむきに生きる女性の心情を描く。

幾千の夜、昨日の月　角田光代

初めて足を踏み入れた異国の日暮れ、終電後恋人にひと目逢おうと飛ばすタクシー、消灯後の母の病室……夜は私に思い出させる。自分が何も持っていなくて、ひとりぼっちであることを。追憶の名随筆。

今日も一日きみを見てた　角田光代

最初は戸惑いながら、愛猫トトの行動のいちいちに目をみはり、感動し、次第にトトのいない生活なんて考えられなくなっていく著者。愛猫家必読の極上エッセイ。猫短篇小説とフルカラーの写真も多数収録！

入れたり出したり　酒井順子

食事、排泄、生死からセックスまで、人生は入れるか出すか。この世界の現象を二つに極めれば、人類が抱える屈託ない欲望が見えてくる。世の常、人の常をゆるゆると解き明かした分類エッセイ。